पैराडाइज टावर्स

श्वेता बच्चन-नंदा

प्रभात प्रकाशन, दिल्ली
ISO 9001:2015 प्रकाशक

प्रकाशक • **प्रभात प्रकाशन**
4/19 आसफ अली रोड,
नई दिल्ली–110002

संस्करण • प्रथम, 2019
मूल्य • तीन सौ रुपए
मुखपृष्ठ • रश्मि गुप्ता
अनुवाद • रचना भोला 'यामिनी'
मुद्रक • आर–टेक ऑफसेट प्रिंटर्स, दिल्ली

PARADISE TOWERS *by* Smt. Shweta Bachchan-Nanda ₹ 300.00
(Hindi translation of 'PARADISE TOWERS')
Published by Prabhat Prakashan, 4/19 Asaf Ali Road, New Delhi-2
by arrangement with HarperCollins Publishers India
e-mail: prabhatbooks@gmail.com ISBN 978-93-5322-497-4

मेरे

दादाजी डॉ. हरिवंश राय बच्चन

तथा

नानाजी तरुण कुमार भादुड़ी

के लिए, जिन्होंने मुझे शब्दों का

अमूल्य उपहार सौंपा।

मुंबई के हरियाली से भरपूर बाहरी इलाके में, यू बैंड के मोड़ पर, पैराडाइज टावर्स का खूबसूरत ढाँचा खड़ा था। यह आवासीय भवन '60 के अंतिम दशक में बना था, मानो आधुनिक सुविधा का अंतिम शब्द हो। 'आधुनिक' शब्द से निर्माता का यही तात्पर्य था कि इस भवन में एक नियत लिफ्टमैन के साथ लिफ्ट और एक वेतनभोगी माली सहित ऐसा बाग था, जिससे अधिकतर दूसरे बँगलों को भी रश्क हो उठे।

आनेवाले वर्षों के दौरान उस इलाके में और भी आधुनिक एवं विशाल ढाँचे खड़े होते गए, जिन्होंने अपने आगे पैराडाइज टावर्स को बौना कर दिया। हालाँकि इसकी साफ-सुथरी गलियों और कुशल नियोजन का कोई मुकाबला नहीं कर सकता था, जो बारिशों में इसे और इसके बाशिंदों को बाढ़ के पानी से बचाए रखता था।

यह भवन समुद्र के किनारे से कुछ ही दूरी पर था। दिन में अलग-अलग समय पर सुहावनी हवा चलती या फिर मरी हुई मछलियों की सड़ाँध महसूस होती। यह जिस सड़क पर बना था, वह दरअसल एक गली थी, जिसमें कोई भारी यातायात नहीं निकलता था। केवल सब्जीवाले या फिर दिन में दो बार सिर पर मछलियों की टोकरी उठाए, अपने गाँव की ओर आती-जाती मछुआरिनें ही वहाँ से गुजरती थीं।

इमारत की चहारदीवारी सफेद रंग की थी, जिस पर हर पाँच साल में सफेदी की जाती। उस पर बड़े लाल अंग्रेजी अक्षरों में लंबाई में 'पैराडाइज टावर्स' का नाम लिखा था, जिसका अंतिम अक्षर 'S' पहाली मंजिल की बालकनी पर झूलता रहता। इसकी एक अनूठी खासियत यह भी थी कि जहाँ

आसपास की अधिकतर इमारतें स्टील ग्रे और उनकी खिड़कियाँ काले रंग में रँगी थीं, वहीं पैराडाइज टावर्स में सड़क की ओर मुँह वाले हर फ्लैट में एक बालकनी दी गई थी। उस इमारत का नियम था कि उन घरों में रहनेवाले बालकनी में अपने कपड़े नहीं सुखाएँगे। यही नियम कई सालों से चला आ रहा था, जिससे उसकी सुंदरता बरकरार थी, जबकि आसपास की इमारतें इस नियम के अभाव में अव्यवस्थित और गंदी दिखती थीं।

प्रवेश के लिए लोहे का बड़ा सा गेट था, जिस पर लोहे की तीरनुमा सलाखें और दराँतीनुमा ताला लगा था। इसके साथ ही पैदल आने-जानेवालों के लिए छोटा सा गेट बना था। अकसर आगंतुक और इमारत में रहनेवाले उसका ही प्रयोग करते।

गेट के बाहर धातु की चादरों से बना गार्ड का केबिन था, हालाँकि दरबान को अपनी फोल्डिंग कुरसी पर बाहर बैठना ही पसंद था। उसके सामने रखे मरियल-से स्टूल पर डेस्क पंखे और रजिस्टर के बीच जगह पाने के लिए खींचतान चलती ही रहती थी।

एक चौड़ा सीमेंट-युक्त गलियारा निचले तल की ओर ले जाता था, जहाँ खंभों की भूल-भुलैया के बीच पार्किंग के लिए स्थान तय किए गए थे। लिफ्ट के पास ही सीढ़ियों वाला रास्ता था। सम संख्या में सीढ़ियाँ चढ़ने के बाद नया तल आ जाता था।

लिफ्ट को इस तरह लगाया गया था कि यह हर मंजिल को दो हिस्सों में विभाजित करती थी। इसके प्रत्येक ओर एक घर और उसके सामने छोटी सी लॉबी थी। सीढ़ियों से हर मंजिल पर जाने के अलावा इमारत की छत पर भी जा सकते थे, जो सबके लिए खुली थी। उसे कपड़े सुखाने, पानी की टंकियों, बिजली कक्ष के लिए प्रयोग में लाया जाता था, जहाँ स्टाफ के लोग बैठकर अपने वेतन का रोना रोते हुए गप्पबाजी करते।

कभी-कभार वसंत के मौसम में इमारत के बच्चे पतंग उड़ाने छत पर आया करते; पर ज्यों-ज्यों समय बीतता गया, खेलने के आधुनिक व उन्नत

साधन सामने आते गए और बच्चों की पतंगबाजी में रुचि नहीं रही।

घर बहुत खुले व हवादार थे। बड़ी-बड़ी खिड़कियों से सूरज की भरपूर रोशनी अंदर आती थी। हर घर में एक छोटी रसोई, साथ ही लगा स्टाफ क्वार्टर और दो बाथरूम थे।

नीचे बना हुआ बाग हरियाली से भरपूर था और चहारदीवारी पर लगी बोगनबेलिया की लताएँ सड़क तक जाती थीं, जिससे सारी सड़क गुलाबी फूलों से पट जाती। मौसमी फूलों से सजी क्यारियों की पूरी देख-रेख की जाती, जिन्होंने इमारत को चारों ओर से घेर रखा था। केवल प्रवेश द्वार पर ही उनका दायरा टूटता था। उनके साथ ही एक कच्ची पगडंडी छोड़ी गई थी, ताकि लोग उस पर चल सकें। ड्राइव-वे पर जहाँ एक ओर ताड़ के पेड़ झूमते थे, वहीं पानी का एक फव्वारा लगाने की बातचीत भी चल रही थी; पर फिर उस इरादे को बदल दिया गया, ताकि उस जगह कुछ पौधों वाले गमले रखे जा सकें और उन नौकरानियों के बैठने की जगह बनी रहे, जो बाग में बच्चों को खिलाने व घुमाने लाती थीं। वे वहीं बैठकर बच्चों की निगरानी कर सकती थीं।

पैराडाइज टावर्स के बाशिंदे बहुत ही विनम्र स्वभाव के थे। वे आपस में मेल-जोल रखते और उनके बच्चे सहज भाव से एक-दूसरे के घर आते-जाते। महिलाओं ने मिलकर कमेटी बना रखी थी और वे साल में एक बार दीवाली एवं क्रिसमस की पार्टी आयोजित करतीं। एक बार तो जन्मदिन की सत्रहवीं दावत भी मनाई गई थी। वे सभी आपस में पक्के दोस्त और दुश्मन थे, पर उनके बीच कभी भारी मन-मुटाव नहीं हुआ।

पैराडाइज टावर्स में कभी कोई नाटकीय घटना नहीं घटी।

या फिर आप ऐसा सोच सकते हैं। बेशक, जो दिखता है, वह सच हो, यह जरूरी तो नहीं!

आभार

कुछ ऐसे लोग हैं, जिनके सहयोग के बिना यह पुस्तक किसी भी दशा में पूरी नहीं हो सकती थी, और मैं उनके प्रति हार्दिक आभार प्रकट करना चाहूँगी।

निखिल, जिन्होंने 'पैराडाइज टावर्स' के कुछ शुरुआती पन्नों को पढ़ने के बाद इनकी संभावना को पहचाना।

सरिता तँवर, मेरी पहली असली बॉस, जिन्होंने मेरे लिए इस दुनिया के दरवाजे खोलकर मुझे भीतर धकेल दिया।

काजल आनंद, जो मेरे लिए एक सहारा, जोश दिलानेवाली, मुश्किलें हल करनेवाली, सलाहकार और पक्की दोस्त रही हैं।

रिंकी खन्ना, उनके सहयोग एवं भरोसे और अद्‌भुत प्रूफ-रीडिंग कौशल के लिए हृदय से आभार। उनकी साप्ताहिक पुस्तक अनुशंसा के लिए भी आभारी रहूँगी—मैं आपको बहुत प्यार करती हूँ।

अनुज बाहरी व आँचल मल्होत्रा, जिन्होंने किताबी कीड़े के साथ काम करते हुए उसे प्रकाशन के योग्य बनाया। आप लोग बेस्ट हो!

अनु दीवान, जिन्होंने पूरी दरियादिली से अपने अलीबाग वाले घर के दरवाजे मेरे लिए खोल दिए, ताकि मैं अपनी डेडलाइन पूरी कर सकूँ। धन्यवाद, आपके बिना मैं 'पैराडाइज टावर्स' को पूरा नहीं कर सकती थी।

श्रेया पुंज, आपने मुझे सहज बनाते हुए मेरे काम में इतना उत्साह दरशाया और पीठ थपथपाई। दिया, शबनम और आकृति—तुम लोगों जैसी

बेस्ट टीम तो किसी भी लड़की का सपना हो सकती है।

बेनु, उनके प्रेम और परवाह के लिए इतना सारा प्यार। उन्होंने ही मुझे 'बिजी लिजी' शब्द से परिचित करवाया।

अंत में, परंतु महत्त्वपूर्ण नाम—मेरे बच्चे नव्या और अगस्त्य, तुम्हारे होने का शुक्रिया। तुमने मेरे काम को कितना सरल बना दिया। मुझे मेरी रचनात्मकता को उभारने में मदद की। तुम लोग मेरे लिए अनमोल हो। मेरे माता-पिता, जो सदा मेरी उड़ान को अपना पूरा भरोसा और आकाश देते आए हैं। और अभिषेक, मेरे भइया, जो सदा मेरे पथ-प्रदर्शक रहे हैं।

1

मिसेज कपूर ने सूती दुपट्टे के छोर से टेलीफोन के माउथपीस को रगड़कर साफ किया और आह भरते हुए उसकी जगह पर वापस रख दिया। अकसर माँ से होनेवाली बातचीत उनकी उम्मीद से ज्यादा लंबा समय ले लेती थी। जब वे अपने स्टाफ से हिसाब-किताब ले रही थीं तो फोन लगातार घनघना रहा था और उन्होंने उसे उठाते हुए सोचा कि अगर कोई बात इतनी जरूरी थी तो कोई उन्हें लैंडलाइन से कॉल क्यों करेगा?

जब उन्होंने हारकर फोन उठाया तो दूसरी ओर से उनकी मम्मी की भारी-भरकम आवाज सुनाई दी, "गुड मॉर्निंग बेटा जी। मम्मी को भूल गईं? बड़ा शहर, बड़ा जीवन, छोटे शहर वाले रिश्तों के लिए कोई समय ही नहीं बचा।" उनकी मम्मी ने आरोप लगाया। जबकि यह बात सरासर झूठी थी। अभी उन्होंने कल शाम ही तो अपनी बेटी से बात की थी। जब मिसेज कपूर शादी के बाद बंबई आईं, वे तभी से हर रोज इसी तरह कॉल करती आ रही थीं।

"सॉरी, मम्मा! जरा स्टाफ का हिसाब-किताब देख रही थी।" मिसेज कपूर ने बुरा सा महसूस करते हुए जवाब दिया। उनकी सभ्यता की चाशनी में डूबी आवाज में कहीं हलकी झुँझलाहट भी झलक रही थी। वे एक अच्छी बेटी थीं, इसलिए खासतौर पर शादी के बाद उन्हें माँ को यकीन दिलाए रखना पड़ता था कि वे उन्हें भूली नहीं हैं, जो उन्हें यह याद दिलाने का एक भी मौका हाथ से जाने नहीं देती थीं कि उन्होंने मिसेज कपूर को अकेले ही बड़ा करने में कितने कष्टों का सामना किया है।

"हाँ-हाँ, बच्चे, क्यों नहीं, तुम्हारी तो बड़ी बिजी लाइफ है! तुम कोई मेरी तरह भार थोड़ी हो—एक बेकार का बोझ, जिसे तुम सबको सहना ही पड़ता है। पता नहीं, भगवान् मुझे अपने पास क्यों नहीं बुला लेता!" मिसेज कपूर ने यह सुनकर मन-ही-मन खुद को कोसा और मम्मी से कहा।

"आप ऐसी बातें क्यों करते हो? आप जानते हो कि ये बातें मुझे कितना परेशान कर देती हैं। मैं तो आपका नंबर मिलाने ही वाली थी।"

"अच्छा, कोई खबर? मैं बाग में बैठी चाय ले रही थी।" मम्मी ने अचानक खुश होते हुए जवाब दिया।

"मम्मी! मुझे आपकी गाजर का हलवा बनाने की रेसिपी चाहिए। मुझे घर की याद आ रही थी, इसलिए सोच रही थी कि गाजर का हलवा बनाकर खाऊँ।"

"क्यों नहीं, बेटा! अगर घर की इतनी याद आ रही है तो क्यों नहीं मुझे कुछ दिन अपने पास बुला लेतीं। मैं रोज हलवा बनाकर खिला दूँगी। मुंबई आए बड़े दिन हो गए।" उन्होंने एक धूर्तता से भरी हँसी के साथ अपना वाक्य पूरा किया। वे अपनी बेटी से किसी भी हाल में हारना नहीं चाहती थीं, जिसे अपनी मम्मी के कोसने-सुनने की आदत हो गई थी।

उन दिनों मिसेज कपूर की मम्मी के लिए सबकुछ बड़ी धीमी गति से चल रहा था। उनकी सहेलियाँ और साथी कहीं-न-कहीं बाहर गए हुए थे और उनके पास दूसरों के साथ गप्पें लड़ाने तथा दूसरों के मामले में टाँग अड़ाने के लिए कोई साथ नहीं था। अचानक उन्हें अपनी बेटी पर प्यार उमड़ आया, जो अपनी शादी के बाद उनसे इतनी दूर रहने चली गई थी। मिसेज कपूर अचानक हकला-सी गईं। उन्हें समझ नहीं आ रहा था कि क्या जवाब दिया जाए। आज सुबह ही तो उनके पति ने कहा था, "मैं यही उम्मीद कर रहा हूँ कि तुम अपनी मम्मी को हमारे घर बुलाने की कोई योजना नहीं बना रहीं। इस महीने में मेरी बहुत सारी महत्त्वपूर्ण मीटिंग्स हैं, अमेरिका से हमारे पार्टनर शहर में आए हुए हैं और मेरा बॉस चाहता है कि मैं उन लोगों की देख-रेख करूँ।"

काफी समय से मिसेज कपूर की मम्मी का आना टल रहा है और आज भी उनके पति ने बड़ी सफाई से इसे आगे के लिए टाल दिया था। मिसेज कपूर ने मन-ही-मन सोचा कि इस बात का सिरा उनके हाथ नहीं आ सकता और उन्होंने अपनी मम्मी का ध्यान बँटाने के लिए दोबारा गाजर के हलवे का राग छेड़ दिया।

मम्मी ने काफी लंबी बातचीत के बाद बेटी को समझाया कि उसे मुंबई में मिलनेवाली बेकार किस्म की गाजरों से ही काम चलाना होगा। फिर उन्होंने गाजर का हलवा बनाने का तरीका बताना शुरू किया। जब भी मम्मी कुछ सोचने लगतीं तो मिसेज कपूर अपने पेन से पैड पर ठक-ठक करते हुए टाइम पास करतीं, जिसके लिए उन्हें जल्दी ही फटकार भी मिल गई, "…बच्चे, ये ठक-ठक की आवाज कैसे आ रही है? मुझे सोचने में दिक्कत हो रही है। तुम या तो ठक-ठक कर लो या मेरी बात सुन लो।"

"हाँ जी, मम्मी, मैं सुन रही हूँ।"

"बेटा, मुझे अभी याद आया। कल ही बाजार होकर आई। ऐसे ही, कुछ सूझ नहीं रहा था तो बाजार चली गई।" फिर वे काम की बात पर आने के लिए थोड़ा सा ठहरीं और फिर आगे कहा, "ज्ञानचंद क्लॉथ एंपोरियम पर सूट का बड़ा प्यारा कपड़ा मिल गया। पहले सोचा कि तेरे लिए भी ले लूँ, फिर सोचा, 'चलो, छोड़ो! वह यह सब कहाँ पहनेगी?' मुंबई में तो विदेशी माल भरा हुआ है। और बच्चे, फिर मैंने अपने लिए ही एक सूट ले लिया। बिजी लिजी के कपड़े में आजकल बड़े अच्छे प्रिंट आ रहे हैं।"

मिसेज कपूर अपनी दिनचर्या से चालीस मिनट पीछे चल रही थीं। आखिर में उन्हें मम्मी को झूठ बोलकर फोन रखना पड़ा कि गेट पर किसी ने बेल बजाई है। जब सच में जोर से बेल बजी तो उनके मन में अपराध-बोध उमड़ आया। उन्होंने अपने नौकर दिनेश को आवाज दी और बड़े तीखे स्वर में दरवाजा खोलने को कहा।

☐

दिनेश मेहनती लड़का था, जो पिछले दस सालों से कपूर परिवार को

अपनी सेवाएँ दे रहा था। उसने दरवाजा खोला तो अपने पैसों के लिए आनेवाले दूधवाले की जगह तरल आँखोंवाली मनमोहिनी लता को खड़े पाया, जो अली खान परिवार के लिए काम करती थी। दिनेश ने सुबह के कामकाज के बीच बिखरे बालों पर उँगलियाँ फिराईं और अपनी भुवनमोहिनी मुसकान फेंकी। लता उससे नजरें तक नहीं मिला पा रही थी। उस इमारत में सभी जानते थे कि दिनेश लता के लिए मन-ही-मन लगाव रखता है। इसी वजह से उनके लिए आपस में मिलना भी भारी हो गया था। लता ने झट से नमस्ते करते हुए एक हॉट केस उसे थमा दिया, जो एक मोटे सफेद सूती कपड़े में बँधा था। दिनेश ने उसे आराम से लिया, ताकि उनकी उँगलियों का आपस में स्पर्श न हो। जो भी हो, वह उन लोगों में से नहीं था, जो मौके पर चौका मारने से बाज नहीं आते। वह ऐसा कुछ नहीं कर सकता था, जिससे लता असहज महसूस करती।

लता ने काँपती आवाज में कहा, "आपकी मैडम के लिए गाजर का हलवा।" फिर उसने धीरे से सिर उठाकर नजरें मिलाईं और दिनेश का दिल तो वहीं धड़कना भूल गया। वह झट से मुड़ी और जल्दी-जल्दी सीढ़ियाँ उतर गई। दिनेश वहीं दरवाजे के पास खड़ा संगमरमर की सीढ़ियों पर उसकी रबड़ की चप्पलों से होनेवाली आहट सुनता रहा।

चार मंजिल नीचे उतरकर लता अली खान के घर में चली गई।

□

मिसेज अली खान पाँच बच्चों की अम्मी थीं, जिनकी सुबह बहुत जल्दी शुरू हो जाती थी। आज उन्हें अपने ससुराली रिश्तेदारों के पास लंच के लिए जाना था और मौलवी उनके दो छोटे बच्चों की कुरआन वाली कोचिंग क्लास में कुछ ज्यादा ही वक्त ले रहे थे। उन्होंने दो बार आईना देखने के बाद बेडरूम का दरवाजा खोलकर झाँका। वे तीनों अब भी मेज पर झुके पढ़ रहे थे। मिसेज खान ने झट से दरवाजा बंद कर लिया। वे नहीं चाहती थीं कि मौलवी की नजर उन पर पड़े।

जिसका मतलब होगा कि वे आधा घंटा और ठहरेंगे; और आज वे किसी भी हाल में देर नहीं कर सकती थीं।

उनके लिए, हर बात में अपनी ससुराल वालों की मंजूरी मिलना बहुत अहमियत रखता था। उनके खानदान के बड़े बेटे से ब्याहना छोटी बात नहीं थी। वे लोग बेटे की दूसरी कजिन से ही उसका ब्याह करना चाहते थे; पर बेटे ने साफ इनकार करते हुए उन्हें अपनी पसंद की लड़की के रूप में पेश कर दिया था। तभी से मिसेज अली खान ने उस परिवार को अपने लिए मनाने की कवायद शुरू कर दी थी, जो उन्हें बहुत थका देती थी और कोई नतीजा भी हाथ नहीं आता था। उन्होंने सुबह के कई घंटे रसोई में लगाकर अपनी सासू माँ के लिए गाजर का हलवा तैयार किया था। अगर वे किसी का दिल जीत सकती थीं तो वे उनकी सास ही थीं। वे दयालु स्वभाव की महिला थीं, जो हमेशा अपने शौहर की अनब्याही बहनों के जुल्म तले दबी रहती थीं। मिसेज अली खान जूनियर को अकसर ऐसा लगता था कि अगर मौका मिलता तो सीनियर खान बड़ी खुशी से अपने बेटे की मनपसंद लड़की को अपने पाले में ले लेतीं।

लता को घर में प्रवेश करते देख उन्होंने चुपके से हाथ के संकेत से उसे अपने पास बुलाया। लता ने अधखुले दरवाजे से अपनी मैडम को इशारा करते देखा तो हौले से अपनी रबड़ की चप्पल कोने में उतारकर पायदान पर पैर साफ किए। फिर वह बड़ी कुशलता से मौलवी और उनके शागिर्दों की नजर बचाकर मैडम के कमरे में चली गई। वे तीनों अब भी मेज पर सिर झुकाए बैठे थे। उसने मैडम का दरवाजा बंद कर लिया।

मिसेज अली खान ने मुड़ते हुए लता से पूछा, "क्या हलवा दे दिया?"

लता ने उनकी कमीज की जिप बंद करते हुए कहा, "जी, दिनेश को दे दिया, मैडम!"

"ओह! मिसेज कपूर घर में नहीं थीं?" मिसेज अली खान ने पूछा। उनकी कमीज की जिप बंद हो गई थी। उन्होंने मुड़कर ड्रेसिंग के सामने रखे स्टूल पर आसन जमाया और अपने बालों से उलझने लगीं। इस दौरान लता ने एक साफ धुला रूमाल अपनी मैडम के बैग में रखा और उसे उन्हें पकड़ा

दिया। फिर वह बोली, "मैडम, ये तो मैंने पूछा ही नहीं।"

"अभी बच्चों का सबक पूरा होने में कितनी देर है? हमें देर हो रही है। प्लीज, बाहर जा और उनको बोल कि थोड़ा जल्दी करें। फिर हमारे निकलने से पहले बच्चों के हाथ-मुँह धुलवा देना।" मिसेज अली खान ने आईने में खुद को लगातार देखते हुए कहा।

लता ने हामी भरी और डाइनिंग हॉल की ओर चल दी।

जल्दी ही फर्श पर कुरसियों के घिसटने का स्वर सुनाई दिया और मिसेज अली खान कमरे में जाने से पहले मौलवी के घर से बाहर निकलने की प्रतीक्षा करने लगीं।

जब मिसेज अली खान बालों की चोटी बनाए, हाथ में हैंडबैग लिये बाहर आईं तो लता मौलवी के शागिर्दों को जूते पहना रही थी। मिसेज अली खान पाँच बच्चों को पैदा करने के बाद भी सरकंडे जैसी छरहरी थीं और उदासी में उनकी आँखों की चमक जैसे और भी बढ़ जाती थी। उनके खुले हुए बाल कमर तक लहराते थे। लता ने सोचा कि इसमें कोई हैरानी नहीं, साब ने अपने पूरे परिवार से वैर मोल लेकर मिसेज अली खान को अपना बनाया। रसोई से कुक पेन और पैड लेकर बाहर निकल आया, ताकि रात के खाने की तैयारी के लिए पूछताछ कर सके। इसके बाद मिसेज अली खान और उनके बच्चे पार्किंग लॉट की ओर चल दिए, जहाँ कार उनका इंतजार कर रही थी।

□

2

अली खान की मर्सिडीज दिखी तो दरबान ने गेट पूरी तरह से खोल दिया और वह उसके जूतों पर धूल उड़ाते हुए बाहर चली गई। उसने अपनी खाकी वरदी की पैंट के पिछले हिस्से पर जूते रगड़कर उन्हें साफ किया और अपनी मौसम की मार झेल चुकी बेंच पर बैठ, मरियल और खस्ताहाल रजिस्टर में बाहर जानेवाली कार का समय और उसका नंबर नोट करने लगा। इस इमारत की सोसाइटी का यही नियम था। ऊपर देखने पर उसे मिसेज मोदी अपनी बालकनी में बैठी दिखीं, जो अपनी दूरबीन से उसकी ओर ही ताक रही थीं। वह उन्हें उनके पतले व सफेद पंजेनुमा हाथ, लाल रंग में रँगे नाखून और दूसरों के मामले में नाक घुसाने की बरसों पुरानी अनुभवी आदत के साथ दूरबीन लिये देख सकता था। मिसेज मोदी ने दूरबीन छोड़ी तो वह उनकी गरदन के पट्टे से झूलने लगी और फिर वह सिरहाने रखा काँच का कटोरा लेकर सुंदर-से सफेद पिंजरे के पास जा खड़ी हुईं, जिसमें निऑन हरे रंग के सिर वाला तोता अपनी चोंच मार रहा था। वह अपनी टाँगें लगातार इस तरह पटक रहा था, मानो उसे हाजत के लिए जाना हो। मिसेज मोदी ने चिटकनी खोलकर कटोरा भीतर रख दिया। फिर वे अपने प्यारे तोते को देखने लगीं, जो अपना आहार लेते हुए बीच-बीच में पंख भी फड़फड़ा लेता था।

मिसेज मोदी और उनके पुराने पति इस इमारत के सबसे पुराने बाशिंदे थे। उन्होंने ही सबसे पहले पैराडाइज टावर्स में अपना घर बनाया। उन्होंने ही पहले दरबान और माली को नियुक्त किया, ताकि गेट और महँगे बगीचे

की देख–रेख की जा सके। उन्होंने सब घरों को धीरे–धीरे विभिन्न प्रकार के परिवारों को बिकते देखा और उनका समुदाय फूलने–फलने लगा। कपूर परिवार ने पेंटहाउस में डेरा डाला, अली खान ने अपने खानदान के लिए पूरा दूसरा तल ले लिया। पहला तल रंगनेकर दंपती के पास था (मिसेज मोदी उन्हें बहुत मानती थीं, क्योंकि वे बहुत संयमित जीवन–शैली जीते थे। ज्यादा मेल–जोल नहीं रखते थे। इमारत के रख–रखाव के लिए सोसाइटी को सही समय से भुगतान करते थे। पर अफसोस, अपनी असंख्य कोशिशों के बावजूद वे उन्हें अपने साथ ज्यादा समय तक बातचीत के लिए राजी नहीं कर सकी थीं।) वे तीसरे तल पर रहती थीं और चौथी मंजिल पर पटेल एवं रॉय परिवार का डेरा था, जिनके बच्चे आपस में खूब घुले–मिले हुए थे; पर उनके माता–पिता के बीच छोटी–मोटी बातों पर मतभेद हो जाते थे। वे प्राय: लिफ्ट के बाहर छोटी सी स्टेंप जितनी जगह पर भिड़ते दिखाई देते। पाँचवीं मंजिल में सीजन के समय दो प्रवासी सिंधी भाइयों ने फ्लैट लिये। वे सपरिवार रहते थे; पर वे प्राय: उनका नाम भूल जाती थीं।

उनका पुराना दरबान छुट्टी पर गाँव गया हुआ था और उसने कुछ समय के लिए अपने भतीजे को काम पर लगा दिया था। मिसेज मोदी ने तब तक उस पर कड़ी नजर रखी, जब तक वह उनके भरोसे के लायक नहीं हो गया। अब वे उसे केवल समय बिताने के लिहाज से देखती थीं। उन्होंने अपनी घड़ी के स्ट्रैप में खोंसा गया, चैंतिली लेस से सजा रूमाल निकाला और मुँह के दोनों कोने पोंछे। फिर उन्होंने गलती से अखबार पढ़ने के लिए चश्मे की बजाय दूरबीन उठा ली। दोनों चीजें उनके गले में लटकी हुई थीं। उनके सहायक पैट्रिक ने सुबह के अखबार सलीके से तहाकर उनके लिए रखे हुए थे।

□

मि. रंगनेकर तेज गति से अपने लिए प्रतीक्षारत उबर कैब की ओर बढ़े, ताकि हॉर्न दे रहे एक टैंपो के लिए जगह बन सके, जिसके पीछे लोगों व बॉक्सों से भरी एस.यू.वी. गाड़ी भी आ पहुँची थी। उनका दिल तेजी से

धड़कने लगा। यह क्या था? फिर उन्होंने अपना दिमाग लगाया। ओह, नए किराएदार! उन्होंने मन-ही-मन कल्पना की कि लोगों से भरी कार उस जगह के शांतिपूर्ण अस्तित्व का क्या हाल करने वाली थी और उनका अनुशासित मन इससे ज्यादा सहन नहीं कर सकता था। उन्होंने अपने आप को इस तरह तैयार कर लिया कि कहीं किसी से भेंट न करनी पड़े और फिर कार के दरवाजे खुलने की आहट से अनुमान लगाया कि वे सब किसी भी क्षण अपने खोल से बाहर आ सकते थे। दरबान ने उन्हें सलाम ठोंका और उन्होंने कातर भाव से गरदन हिला दी।

इस दौरान उनके पीछे गाड़ी के सभी दरवाजे फटाक से खुले और वे लोग अपने कौतूहल से भरे सामान के साथ अवतरित होने लगे। मिसेज मोदी ने कोलाहल सुनकर अपना अखबार नीचे रखा और कुछ क्षणों तक चश्मे व दूरबीन की पहचान के झमेले से उबरने के बाद इमारत में आए नए घुसपैठियों को दूरबीन से ताकने लगीं।

☐

न्यू जर्सी के लॉन्ग बीच से आया सिंह परिवार भारतीय मापदंडों से भी बड़ा ही था। दूसरी पीढ़ी के अमेरिकी मिस्टर और मिसेज सिंह की मुलाकात, क्रिसमस से पहले लगनेवाली सुपर सेल के दौरान, टार्गेट स्टोर में हुई और उनके बीच प्यार हो गया। (मिसेज सिंह अपनी मनपसंद रॉकी रोड आइसक्रीम के चार टब समेत मि. सिंह से टकराईं और मि. सिंह की पैंट का सत्यानास हो गया। हालाँकि बाद में वे इस घटना की शुक्रगुजार भी रहीं, क्योंकि उन्होंने लॉण्डरमॉट में उनकी पैंट की सफाई के लिए भुगतान का वादा किया और इस तरह उनके बीच यह असाधारण-सी डेटिंग तय हो गई, जिसका अंत उनके पहले चुंबन के बाद हुआ।) उन्होंने एक बेटी को पाने की चाह में एक के बाद एक लगातार चार बेटों को जन्म दे दिया, पर उनकी इच्छा पूरी न हो सकी। मिसेज सिंह अपने चौथे बेटे को दो साल की उम्र तक लड़कियों के कपड़े पहनाकर उसके बालों को रिबन से सजाती रहीं—अगर

उस लड़के को कोई नुकसान हुआ था तो उसका पता लगना अभी शेष था। चार बेटों में से तीसरे नंबर के बेटे ने नशीले पदार्थ लेने और रैप कॅरियर बनाने के चक्कर में स्कूल छोड़ दिया—शायद अमेरिका उन लड़कों की इससे ज्यादा ढिलाई सहन नहीं कर सकता था। माता-पिता ने आपसी सलाह के बाद वह देश छोड़ा और भारत आ गए, ताकि शायद उनके लड़के अपने जीवन में सँभल सकें।

उस दिन गाड़ी से सबसे पहले उनकी संगीत-प्रेमी संतान बाहर आई। कानों में आई प्लग लगे थे और पैंट नितंबों पर झूल रही थी। वह वहीं खड़ा रहा और कई आकार-प्रकार के बॉक्स उसकी ओर उछाले जाने लगे। वह उन्हें उठाकर एक के ऊपर एक रखते हुए किसी झूलती हुई मीनार की तरह सजाता जा रहा था। जब सारे बॉक्स बाहर आ गए तो गाड़ी में से बाकी सजीवों ने बाहर आना आरंभ किया। कार के बाएँ दरवाजों से अंग बाहर निकले और इस तरह पूरा सिंह परिवार एक ही दृश्य में देखे जाने योग्य हो गया। बड़े से लेकर छोटे तक, सभी एक साथ खड़े थे। लड़के टैंपो से सामान उतरवाने लगे और मिसेज सिंह आसपास की जगह का उसी तरह जायजा लेने लगीं, ठीक वैसे ही, जैसे मिसेज मोदी सिंह परिवार को ताड़ रही थीं, जो रंगनेकर के सामनेवाले खाली खड़े फ्लैट में अपना डेरा जमाने वाले थे। □

3

मिसेज रॉय अपने नितंबों पर हाथ टिकाए लिफ्ट जाने की खाली जगह को ऐसी कड़ी नजरों से घूर रही थीं, मानो ऐसा करते हुए वे उसे चालू कर लेंगी। लिफ्ट सार्वजनिक संपत्ति थी और वे गुस्से में थीं कि केवल एक ही परिवार ने सुबह-सुबह उसे अपने कब्जे में कर रखा था। सामान्य सुविधाओं के इस दुरुपयोग पर उनका रोष इतना अधिक था कि उन्होंने अपनी पक्की दुश्मन मिसेज पटेल के बाहर आने और फिर झटपट ओझल होने को भी अनदेखा कर दिया था। वे सफेद रंग की एक सूती साड़ी में लिपटी खड़ी थीं। लंबे गीले बालों से ब्लाउज पर पानी टपक रहा था। वे बार-बार आने-जानेवालों से पता कर रही थीं कि नए पड़ोसियों का कितना सामान उतरना बाकी रह गया है। इस ऊपरी जानकारी से संतोष नहीं मिला तो उन्होंने बालों को लपेटकर जूड़ा बनाया, पल्लू ठीक किया और स्वयं जानकारी लेने चल दीं।

पहले तल पर कार्टनों का अंबार लगा हुआ था। चारों ओर टेप के टुकड़े और नाजुक सामान की जानकारी देनेवाले स्टिकर बिखरे हुए थे। इस सारे फैलाव को पार करते हुए मिसेज रॉय ने अपने पल्लू से मुँह और नाक ढक लिया, मानो संक्रामक रोग से अपना बचाव कर रही हों। फिर उन्होंने दरवाजे की झिर्री में से सिंह के घर में झाँका। जब वह खुला तो उसमें से सिलवटों से भरा अस्त-व्यस्त-सा दिखनेवाला लड़का बाहर आया, जिसके कपड़ों पर बहुत सारे पिन और स्लोगन लगे हुए थे। उनकी आँखें फैल गईं। उन्होंने झट से अभिवादन किया और बदले में वह लड़का केवल सिर हिलाकर, एक

और बॉक्स उठाकर भीतर ले गया। मिसेज रॉय ने बिल्डिंग के प्रोटोकॉल को तोड़नेवाली इस हरकत पर सिर हिलाया और अपनी गुलाबी उँगलियों से दोबारा दरवाजे की घंटी बजाई। दिखने में ऐसा ही लगा कि वे पहली बार भीतर प्रवेश कर रही हैं।

इस बार मिसेज सिंह आईं और जींस के दोनों ओर हाथ झाड़ने के बाद हैलो के लिए आगे बढ़ाया।

"हैलो, नीना सिंह।" उन्होंने अपना परिचय देते हुए 'ल' शब्द का इस तरह उच्चारण किया, जो मिसेज रॉय की पसंद के हिसाब से कुछ ज्यादा ही था। "इस बिखराव के लिए माफी चाहूँगी। बस, हम दो घंटों में समेट लेंगे और फिर राशन का सामान निकालूँगी···ओह गॉड, लगता है कि दिन कभी खत्म ही नहीं होगा।"

मिसेज सिंह की बातचीत सुनकर मिसेज रॉय अपने खोल में ही सिमट गईं। किसी अजनबी से पहली बार मिलने पर इतने उत्साह से अपने बारे में जानकारी देना उन्हें अप्रिय जान पड़ा। उन्होंने हामी में सिर हिलाया और फिर एक बार शब्दों की तलाश में दिमाग खपाने लगीं। फिर वे अचानक मुड़ीं और सीढ़ियों की तरफ चल दीं। मिसेज सिंह भौंचक्की खड़ी रह गईं।

□

उन दोनों महिलाओं को बिल्कुल एहसास नहीं था कि उनके इस अटपटे परिचय को कोई दरवाजे में बने छेद से देख रहा था। दरवाजे के दूसरी ओर मिसेज रंगनेकर खड़ी थीं।

बेंत जैसी दिखनेवाली मिसेज रंगनेकर बहुत मजबूत और मेहनती किस्म की औरत थीं और उनकी काठी देखकर ऐसा बिल्कुल नहीं लगता था। पैराडाइज टावर्स के सभी लोगों ने मिलकर इतना काम नहीं किया था, जितना मिसेज रंगनेकर सुबह उठने के बाद निपटा चुकी थीं। उन्होंने स्नान किया, भगवान् गणेश को फूल चढ़ा कर पूजा की, अखबार लाकर शुरू से आखिर तक पढ़ा। मि. रंगनेकर के लिए नाश्ता तैयार किया (अपने लिए झागवाली गरमागरम ब्लैक कॉफी का एक प्याला ही बनाया) और पति के जाने के बाद

सारे घर की झाड़–पोंछ की तथा अपने किचन के काउंटर पर एक कतार में खड़े, वर्षों के इस्तेमाल से घिसे हुए एल्यूमीनियम के डिब्बों में भेजने के लिए खाना तैयार किया। रंगनेकर का घर बहुत सादा था। नाममात्र का फर्नीचर रखा था, जो देखने में सेकंड–हैंड लगता था। परदों और घर के सामान के चुनाव में किसी भी तरह की कल्पना की मदद नहीं ली गई थी। केवल एक दीवार पर बड़ा सा दर्पण लगा था। उसके सिवा पूरे घर में कला का कोई नामोनिशान तक नहीं था। गमलों में लगे छिटपुट पाम के पौधों से बड़े कमरे में थोड़ी रौनक थी और केवल मध्यम आकार में ढोल बजाते गणेश की पाषाण प्रतिमा ही एकमात्र सज्जा थी। चरमर करता स्टैंड वाला एक पंखा सुबह के अखबारों के पन्ने उड़ा रहा था, जो एक छोटी लकड़ी की डाइनिंग टेबल पर रखे थे। वह एक सफेद मेजपोश से ढका था, जिसके चारों ओर ऊन से बेलबूटे बने हुए थे। कह सकते हैं कि उस जगह की सबसे बड़ी खासियत उसकी साफ–सफाई ही थी।

एक घंटे के भीतर कड़छियों और पतीलों के साथ जूझने के बाद कम मसाले और तेल से बना शाकाहारी भोजन पूरी दरियादिली से डिब्बों के खुले मुँह में भरा जा चुका था। अब वे सभी डिब्बे अच्छी तरह से पैक होकर जाने के लिए तैयार थे।

विनम्र प्रकार की औपचारिक बातचीत से घबराने के कारण मिसेज रंगनेकर अपने घर के भीतर से झाँककर यही देख रही थीं कि वे दो महिलाएँ बाहर से हटें तो वे जल्दी से डिब्बेवाले को डिब्बे पकड़ा दें, जो बाहर खड़ा वॉचमैन के सेकंड हैंड स्मार्टफोन पर कमेंट्री का मजा ले रहा था।

दो ही मिनट बाद मिसेज रंगनेकर झट से बाहर आईं और गेट पर डिब्बेवाले की ओर बढ़ीं। उन्होंने वॉचमैन के सलाम को अनदेखा करते हुए झटपट लंच बॉक्स उसे थमाए और इस तरह पलटकर तीर की तरह निकलीं, मानो उनके कंधों से कोई भारी बोझ उतर गया हो।

□

4

सुबह की पागलपन से भरी हलचल शांत हो चुकी थी। इस अद्भुत आधुनिक ढाँचे में रहनेवालों के लिए पूरी अलसाई दोपहरी सामने पसरी हुई थी। माली खरपतवार हटाने और पौधों को पानी देने के बाद, अपने हिस्से की धरती पर गोंड़ाई और छँटाई का काम निबटाने के बाद, बाग के छायादार कोने में गठरी बन, आँखों पर बाँह धरे गहरी नींद में खोया हुआ था। गेट का दरबान दोपहर के खाने के बाद एक मीठे पान से संतुष्ट होकर पार्क की गई कार के बोनट पर जमी हुई ताश की बाजी का मजा ले रहा था, जो समय बिताने के लिहाज से ड्राइवरों के बीच जमी हुई थी। उसने बेंत से बने मरियल, घिसे हुए पुराने स्टूल पर धरे, जाने-माने रजिस्टर पर डगमगाते स्टैंड वाला पंखा चालू कर दिया।

बिल्डिंग में कहीं दूसरी ओर मिसेज मोदी को लंच के बाद मेहनती पैट्रिक के हाथों ड्यूक लेमनेड थमा दिया गया था। वे दोपहर की झपकी लेने के लिए कमरे में ए.सी. की ठंडक फैलने के इंतजार में थीं। मिसेज रॉय अपनी पजल बुक्स में से एक पर सिर झुकाए बैठीं मगन भाव से पेंसिल से सिर खुजा रही थीं। वे गहरी और बड़ी चुनौती से जूझ रही थीं। ऊपर एक कमरे में मिसेज कपूर अपने पलंग पर लेटीं। टाँगें दबवा रही थीं। एक सहेली से गप्पें मारते हुए फोन कंधे और कान के बीच दबा था। उनके हाथ लगातार एक मैगजीन के पन्ने पलट रहे थे। अली खान का फ्लैट शांत था—सारा परिवार अली खान की ससुराल वाले घर में लंच पर गया हुआ था। पर बच्चों वाले कमरे से बातें

करने और खिलखिलाने का स्वर सुनाई दे रहा था। वह अली खान की बड़ी बेटी लैला थी।

खिड़की के पास खड़ी लैला अली खान के हाथ में फोन था और वह अपने बालों से खेल रही थी। हलका भूरा रंग, लचकदार अंग, नाचती हुई आँखें और आकर्षक होंठ—वह अली खान की पहली और सबसे प्रिय बच्ची थी। वह अकसर अपने दूसरे भाई-बहनों को सँभालने में अपनी मम्मी की मदद करती। हालाँकि ऐसा करने से उन भाई-बहनों के साथ उसके संबंध सुधारने में मदद नहीं मिलती थी, जिनके आगे अकसर उसकी मिसाल पेश की जाती; परंतु वह स्वभाव से इतनी सादा थी कि उनके विरोध के स्वरों को उपहास में उड़ा देती। उसे उनके प्यार और सहारे पर पूरा भरोसा था, जबकि वे अधिकतर इसका प्रदर्शन नहीं करते थे। बीस बरस की लैला कॉलेज में फैशन डिजाइनर बनने के लिए पढ़ रही थी और अपने पहले रोमांस में सिर से पैर तक डूबी हुई थी। पहली बार लैला को अपने जीवन में कोई दीवानावार मुहब्बत करनेवाला शख्स मिला था। उसका खूबसूरत चेहरा और कोमल स्वभाव उसकी सबसे बड़ी दौलत था। कई बरसों में उसकी खूबसूरती में और निखार आया और बहुत से लोग उससे प्यार भी कर बैठे; पर उसे कोई ऐसा नहीं मिला, जिसे वह अपना प्यार कह सके। तभी उसने कॉलेज में कदम रखा और उसके लिए जैसे नई दुनिया के दरवाजे खुल गए—और उसमें अरुण सांघवी ने कदम रखा।

अरुण सांघवी, सांघवी एंड संस का इकलौता वारिस था। अरुण के पिता तीन राज्यों में अपनी निर्माण इकाइयों का काम सँभाल रहे थे। अरुण सांघवी एक ही दिन में अपने इंजीनियरिंग के नोट्स और अपना दिल गँवा बैठा। उसके भटके हुए नोट्स कॉलेज के ही कुछ छात्रों के दल के पास पड़े दिखाई दिए, जो उस मेज पर बैठते ही उन नोट्स के भी हकदार हो गए थे। तभी उनके एक सदस्य ने अपनी कैरेमल फ्रेपुकीनो कॉफी अचानक मेज पर उलट दी और वे गलती से उन नोट्स को नैपकिन की तरह इस्तेमाल करने

पर आमादा हो गए। अरुण ऐन मौके पर पहुँचा और उसने दुर्घटना के लिए जिम्मेदार सुबकियाँ भर रही लड़की और कॉफी से तर-बतर नोट्स को एक साथ सँभाल लिया। लैला अली खान के आँसुओं से भीगे चेहरे पर एक नजर पड़ी और पक्के दिल के ब्रह्मचारी (उसने मम्मी से वादा किया था कि फर्स्ट डिवीजन में डिग्री लेने से पहले ऐसा कुछ नहीं होगा) अरुण सांघवी ने खुद को हार दिया। अरुण को हर स्थिति को अपने अनुकूल बनाना आता था। उसने घबराई हुई लैला को दिलासा देते हुए कहा कि वह उसे कॉफी दिलवाकर अपनी गलती की भरपाई कर सकती थी। अरुण बहुत देर से नोट्स की तलाश में था और यह कॉफी उसके लिए सुकून का काम करेगी। लैला और अरुण एक साथ बूथ पर कॉफी लेने गए और आगे चलकर वही जगह उनकी 'मनपसंद जगह' बन गई।

□

लैला ने खिलखिलाते हुए बालों में उँगलियाँ चलाईं। अरुण के पास किस्सों की कमी नहीं थी और इस किस्से में वह एक रात पहले अपने पियक्कड़ दोस्त के नाइट क्लब में हुए दास्तान बयाँ कर रहा था। लैला ने आह भरी। वह कभी क्लब नहीं गई थी और अरुण के मुँह से ये बातें कितनी ग्लैमरस दिखती थीं। उसे लगता था कि वह उससे कितना बड़ा था। लैला का अधिकतर समय अपने भाई-बहनों के बीच ही बीतता। वे जो भी करना चाहते, वह उसे पूरा करने में मदद करती। यही उसकी आदत बन गई थी। उसने सोचा कि अरुण उसे कितना फूहड़ समझता होगा। और किस्से के बीच ही उसकी हँसी जैसे कहीं खो-सी गई। उसने झुककर पलंग के कोने से एक कुशन उठाया और उसे अपने सीने से टिका लिया। सबसे बड़ी होने के नाते उसे अपने लिए एक कमरा मिला हुआ था। बिस्तर पर कई सारे आकार व आकृतियों के कुशन सजे थे, जिनमें से कुछ तो उसके बचपन के भी थे। खिड़की के पास रखी आरामकुरसी पर बैठकर नीचे पार्किंग एरिया दिखता था। वहीं एक छोटी मेज रखी थी, जो उसकी किताबों का भार सँभाल नहीं पाती थी। लैंप के साथ जगह की जंग जारी रहती। जब भी उसकी जिंदगी में

उलझन बहुत बढ़ जाती, जो कि उसके आसपास चार भाई-बहनों की हलचल के कारण बनी ही रहती थी, तो वह अकसर अपने इस छोटे से कमरे में आकर सुकून के पल पा लेती।

'लैला!' उसे अरुण के मुँह से अपना नाम सुनना बहुत भाता था। ले···ला···हालाँकि वह खुद का परिचय देते हुए 'लै···ला' कहती थी, पर अरुण उसका नाम कुछ इस तरह लेता मानो किसी गीत के बोल गुनगुना रहा हो।

"हम्म!" उसने सपनीले सुर में ही जवाब दिया।

"मैं···मैं चाहता था, क्या तुम हमारे साथ एक रात बाहर चल सकती हो?" उसने 'हम' शब्द पर जोर देते हुए कहा।

अरुण पहले जितनी भी लड़कियों से मिला, यह उनसे अलग थी। यह लजीली लड़की दुनिया की हर नई चीज को हैरत से देखती थी। वह पूरी मुस्तैदी और कठोरता से पेश आकर उसे भयभीत नहीं कर देना चाहता था। उसे लगता था कि इतनी प्यारी और मासूम लड़की को पूरा समय मिलना चाहिए, ताकि वह सहज भाव से उसके जीवन का हिस्सा बन सके।

लैला उठ खड़ी हुई और दोपहर का सूरज चेहरे पर रोशनी बिखेरने लगा। उसने मन-ही-मन उत्साह से चिल्लाकर कहा, 'हाँ!' और फिर धीमे से खुद से कहा, "हाँ अरुण, मुझे बहुत अच्छा लगेगा।" उसे अरुण का नाम दोहराना पसंद था और जब वह आसपास नहीं होता था, तब भी वह अकसर उसका नाम लिया करती। कई बार वह उसके नाम के साथ 'मेरा' शब्द लगा देती और फिर लाल पड़ते हुए सिर हिलाने लगती, मानो कही हुई बात को मिटाना चाह रही हो।

"बस, जरा देखना पड़ेगा। प्लीज, क्या मैं तुम्हें कल बता सकती हूँ?" लैला ने इतनी ईमानदारी से ये शब्द कहे कि अरुण ने मुसकराकर आँखें मूँद लीं, मानो इन क्षणों की स्मृति हमेशा के लिए अपने मन में बसा लेना चाहता हो।

'जरूर! कोई जल्दी नहीं है।' उसने मन-ही-मन सोचा और बोला, "अगर क्लब नहीं जा सकतीं तो हम डिनर के लिए चलेंगे। अगर तुम्हें सही लगे तो!"

अब लैला की मुसकराने की बारी थी। उसने हौले से कहा, "ठीक है।" अरुण के साथ आमने-सामने बैठकर, एक शाम बिताने के बारे में सोचकर ही उसका दिल बल्लियों उछल रहा था। वह सोच रही थी कि उसके सामने बैठकर वह कुछ खाएगी किस तरह?

'लैला!' इस आवाज ने लैला के दिवास्वप्न को फिर से भंग किया, 'मैं अपनी अगली क्लास के लिए जा रहा हूँ। तुमसे बाद में बात करता हूँ।' वह फोन नहीं रखना चाहता था, पर लैला से मिलने के बाद कक्षा में उसकी उपस्थिति घट रही थी और उसे अब भी अपने ग्रेड बनाकर रखने थे। जब तक लैला ने 'गुडबाय' नहीं कहा और दूसरी ओर से बीप की आवाज नहीं आई, उसने फोन नहीं काटा। जिस जगह पर उसका नाम दिख रहा था, वहाँ नंबरों ने धावा बोल दिया और लैला का नाम कहीं ओझल हो गया।

□

दिनेश तेजी से कार पार्किंग से निकलते हुए नन्हे हरे नारियलों को ठोकर मारता जा रहा था, जो अकसर गलियारे में खड़े नारियल के पेड़ों से पेंट की हुई चौरस चौहद्दी में गिर जाते, जो हर घर के लिए पार्किंग के स्थान की सीमा तय करती थी। वह बार-बार जेब से तेल से भरी हुई जेबी कंघी निकालकर अपने धूल भरे बालों में फिरा लेता, जिससे उसके अड़ियल टट्टू-से खड़े बाल पहले से भी ज्यादा हठी होकर खड़े हो जाते। दिनेश का ध्यान तेज ताप की ओर नहीं था, जिसने उसके चेहरे को लाल कर दिया था। वह बार-बार अपनी स्टोन वॉश जींस की जेब में मोबाइल थपथपाता और उसे निकालकर समय देखता, जो उसके हिसाब से बहुत धीरे बीत रहा था। उसने अपने मनपसंद बॉलीवुड स्टार की नकल करते हुए भारी दाम खर्च कर अपने लिए जींस और मेल खाती शर्ट खरीदी थी। वह पृष्ठभूमि में झपकी लेते दरबान को देख सकता था, जो अकसर गरदन एक ओर लटकने पर झट से उठ बैठता और फिर झपकी लेने लगता। उसने मन-ही-मन दरबान को कोसा। वह तो काम के समय सोने के बारे में सोच तक नहीं सकता था और दूसरों के लिए भी ऐसा नहीं चाहता था।

तभी शोर से ध्यान बँटा। उसने देखा कि अली खान के घर की खिड़की खुली हुई थी। उसका दिल तो जैसे धड़कना ही भूल गया और उसने पसीने से भरी उँगलियों को बालों में फिराया, वहीं खड़ी एक स्कूटी पर उदासीन-सी मुद्रा बनाकर बैठ गया और अपनी शर्ट का एक और बटन खोल लिया। उसने सोचा कि अब किसी भी क्षण में लता खिड़की से बाहर देखेगी, जैसे वह लगभग हर रोज इस समय देखती है और फिर उनकी नजरें मिलेंगी। इन क्षणों ने ही उसके पहनावे की तड़क-भड़क को अपनी ओर खींचा। लता की ओर से पूरा ध्यानाकर्षण, उसके चेहरे पर लाली दौड़ने से पहले की एक मुसकान, हाथों से दबी खिलखिलाहट को रोकना और फिर खिड़की से हट जाना। उस समय हमारा यह घरेलू रोमिया बेसुध होकर इस तरह सीना थाम लेता कि कहीं दिल धड़कना ही न भूल जाए। उसे पूरा यकीन था कि एक-न-एक दिन उसके प्रेम का प्रतिदान अवश्य मिलेगा।

हालाँकि खिड़की पर उसकी प्यारी लता नहीं बल्कि लैला बेबी दिखाई दी।

उसने उसे लजाते-मुसकराते हुए फोन पर बात करते देखा। फिर उसने देखा कि लैला ने फोन को अपने सीने से लगा लिया, जैसे वह कोई प्यारा खिलौना हो। उसने हाथ उठाकर अँगड़ाई-सी ली, जो थकन की बजाय उसके आनंद का अधिक परिचय दे रही थी। फिर वह खिड़की के छोर पर झुकी अपने आप कुछ गुनगुनाने लगी और बीच-बीच में खिलखिला उठती। लैला अली खान हमेशा लोगों का ध्यान अपनी ओर खींचती। ऐसा नहीं कि वह सक्रिय तौर पर ऐसा चाहती थी। उसे पता तक नहीं था कि वह लोगों पर कैसा असर छोड़ती थी। उसके गालों का गुलाबीपन, भाई-बहनों को सँभालने की कवायद से जुड़ी थकान की बजाय अच्छी सेहत की निशानी लगता था। लैला हास्यप्रिय स्वभाव की थी और हमेशा दिल से हँसती, जिससे उसका चेहरा दमक उठता। वह पुरानी कॉमिक्स की देवियों सरीखी दिखती थी—चौड़ी और बड़ी-बड़ी आँखें। दिनेश ने सोचा, 'यह क्या चक्कर है। एक लड़की के पास

इस तरह पेश आने के लिए दो ही वजहें होती हैं—पहली, उसके पास कोई खुशखबरी है या दूसरी, उसे किसी से प्यार हो गया है!'

उसने जेब से मोबाइल निकालकर समय देखा तो उसे लगा कि अगर वरदी बदलकर सही समय पर मिसेज कपूर को चाय देनी है तो अब उसे फटाफट निकलना होगा। दिनेश ने भवन के शीतल बरामदों का रास्ता छोड़कर छोटा रास्ता पकड़ा और मन-ही-मन इस घटना के बारे में दोबारा सोचने का निर्णय लिया।

□

कार पार्किंग में दिनेश की खाली की हुई जगह पर जल्दी ही टन-टन घंटी बजाती हुई साइकिल आ गई। मि. रॉय हवा से काले-घने बालों को उड़ाते हुए, अपने मोटे व चौरस काले चश्मे को नाक की नोक पर साधते हुए वहीं आकर साइकिल से उतरे। उनकी काँख में ब्रीफकेस दबा था, इसलिए साइकिल से उतरने में थोड़ी परेशानी हुई। उन्होंने साइकिल खड़ी करने के बाद कपड़े ठीक किए, हाथों से बाल सैट किए, चश्मे को फिर से साधा और साइकिल से लगी टोकरी में से अखबारों में लिपटा सामान निकाल लिया। तभी साए में से एक अधेड़ आदमी ने आकर उनका ब्रीफकेस थाम लिया और वे अपने अखबार वाले पुलिंदे को आसानी से पकड़ने लायक हो गए। हालाँकि उनके पास कार थी, पर वे मछली बाजार तक जाने के लिए साइकिल ही इस्तेमाल करते थे या अपने दोस्तों को तो यही कह रखा था। हालाँकि सच यह था कि एक बार गाड़ी चलाते हुए उन्होंने घर के पास ही गटर में गाड़ी घुसा दी थी। रेडियो पर बजते पुराने गीत की धुन पर, यादों में खोए हुए थे और कार का संतुलन खो बैठे। मि. रॉय और कार को गटर में से बड़ी मुश्किल से बाहर निकाला गया। कपूर परिवार के एक बच्चे ने इस सारी घटना को अपने फोन में रिकॉर्ड भी कर लिया था। हालाँकि कार को पूरी तरह से मरम्मत के लिए भेजा गया था, पर जब भी इंजन ज्यादा गरम हो जाता तो उसमें से सड़े हुए केलों की-सी बदबू आने लगती। मिसेज रॉय ने तभी से मि. रॉय को अकेले

कार चलाने से मना कर रखा था। इसलिए मि. रॉय ने ऐसे घरेलू काम करने के लिए साइकिल रख ली थी।

मि. रॉय ने लिफ्ट के लिए बटन दबाया, जो झूमती-खड़खड़ाती नीचे उतरी और लिफ्ट वाले ने एक चौड़ी-सी मुसकान के साथ उनका स्वागत किया। लिफ्ट में जाते ही यात्री लिफ्ट वाले का चिर-परिचित सहयात्री बन जाता।

उसने मि. रॉय के बाजुओं में दबे पैकेट को देखकर पूछा, "साबजी, डिनर के लिए ताजा मच्छी ले जा रहे हैं?"

मि. रॉय ने लापरवाह-सी मुसकान दी, जिसे देखकर लिफ्ट वाले को अंदाजा हो जाना चाहिए था कि उसका सवाल बेकार था। पर इस जगह तो वह और उत्साहित हो उठा।

उसने आगे कहा, "जब मैं बिहार में अपने गाँव में था तो बहुत सारे बंगाली परिवारों से मेल-जोल था। साबजी, घर में बने मछली के झोल से बेहतर कुछ नहीं हो सकता। जमाना बीत गया, उतनी स्वादिष्ट तैयार की गई मछली नहीं खाई।"

मि. रॉय ने आगे झुककर अपनी मंजिल वाला बटन दबाया, जिसे अति उत्साह के मारे लिफ्टमैन दबाना ही भूल गया था। दूसरी मंजिल पर मिसेज रॉय अपने पति के हाथों चुनी गई मछली लाने के इंतजार में थीं, जिसे लाने के लिए उन्हें ऑफिस में फिजियोथैरेपी सेशन का बहाना बनाकर जल्दी निकलना पड़ता था। मि. रॉय की मंजिल पर उनका नौकर ब्रीफकेस रखने के बाद खाली हाथ इंतजार में था, ताकि अपने बॉस से और सामान ले सके।

ज्यों ही मि. रॉय अपनी मंजिल पर आए, उनके नासापुट एक दैवी सुगंध से भर उठे। उन्होंने सिर पीछे को झुकाया और नथने फड़क उठे। उन्होंने आँखें बंद कीं, ताकि उस सुगंध को अपने भीतर तक उतार सकें। वे एक तंद्रा के अधीन होकर उस गंध के पीछे चल दिए और दिवास्वप्न तब टूटा, जब उनकी नाक पड़ोसियों, पटेल परिवार के मजबूत दरवाजे, से जा टकराई। □

5

मिसेज पटेल ने अपने सूती कुरते की बाँह से चिबुक थपथपाकर साफ किया। वे रसोई में खड़ी ढोकला तैयार कर रही थीं और उसकी भाप ने ही आसपास के सारे माहौल को नम व धुँधला-सा कर दिया था। उनका कुरता अड़ियल ढंग से उनकी देह से चिपका हुआ और उमस से घुँघराले हो गए बालों ने चेहरे के आसपास एक गोल से आभामंडल के साथ उसे मनमोहक बना दिया था। वे क्लांत भाव से स्विच बोर्ड की ओर बढ़ीं और अपनी कुहनी से स्विच ऑन करते हुए पंखा चालू कर दिया। उसी समय ताजे तले गए पकौड़ों का तेल सोखने के लिए निकाले गए अखबार के पन्ने फड़फड़ाते हुए उड़ान भरने लगे। यह देखकर मिसेज पटेल का मिजाज और भी बिगड़ गया।

ज्यों ही उनके दरवाजे की घंटी बजी, 'ग्रीन स्लीव्स' की धुन कानों में पड़ी। मिसेज पटेल ने दहाड़ते हुए अपने पति से दरवाजा खोलने को कहा और उन्हें उनकी तंद्रा से उबार दिया। मि. पटेल, ठीक उसी समय, अपनी मनपसंद आरामकुरसी में बैठे, गरम चाय के प्याले में एक कुरमुरा खारी बिस्कुट डुबोकर खाने ही वाले थे। उन्होंने आह भरते हुए बेमन से गिजगिजाते हुए बिस्कुट का टुकड़ा खा लिया। फिर वे दरवाजा खोलने उठे और रसोई के पास से निकलते हुए अपनी पत्नी को यह याद दिलाना नहीं भूले कि उसने ही ऐसी हास्यास्पद घंटी लगवाने का निर्णय लिया था। मिसेज पटेल ने उन्हें अनसुना कर दिया और भाप, बिखरे हुए अखबारों एवं घोल को सँभालने में

जुटी रहीं, जिसे सँभालना अब नामुमकिन-सा लगने लगा था।

मिसेज पटेल के पास नौकरों की पूरी फौज थी, जो उन्हें आसानी से इस परेशानी से उबार सकती थी; पर उन्होंने आज ही पैडोमीटर पर देखा कि वे अपने लिए वांछित दस हजार कदम में से लगभग पाँच हजार कदम की कैलोरी ही पूरी कर सकी थीं। इसलिए उन्होंने संतुलन बनाने के चक्कर में चाय-नाश्ता बनाने का काम अपने जिम्मे ले लिया। हालाँकि वजन घटाने की यह कोशिश भी बहुत अच्छी नहीं रही। वे अब तक केवल चखने के नाम पर पाँच पकौड़े खा चुकी थीं और छठा पकौड़ा खाने जा रही थीं। मिसेज पटेल थोड़ा सा तनाव होने पर भी भरपेट खाने वाले स्ट्रेस ईटर में से थीं और इस तरह उन्होंने स्वयं को एक ऐसे दुष्ट चक्र में उलझा लिया था, जिससे वे खुद को निकाल नहीं पा रही थीं। वे डाइटीशियंस के नाम पर हजारों रुपए बरबाद कर चुकी थीं। उन्हें लगता था कि कोई-न-कोई तो उन्हें इस संकट से उबार ही लेगा; पर अपने किसी मनपसंद टी.वी. शो के दिलचस्प मोड़ पर या फिर उनके बच्चों के स्कूल में लगातार जारी रहनेवाले टेस्टों की वजह से सब चीजों पर पानी फिर जाता। वे अपनी रसोई में बनी अलमारी के पास पहुँच जातीं, जिसमें तले और भुने हुए नाश्तों से भरे डिब्बे रखे रहते। उनके साथ दिक्कत यही थी कि वे हमेशा ऐसे लोगों की कमी महसूस करतीं, जो उनसे सुनना चाहें, 'हमारे गुज्जू स्नेक्स बहुत स्वादिष्ट होते हैं।'

"मि. पटेल, परेशानी यही है कि आपके गुज्जू स्नेक्स इतने टेस्टी होते हैं कि मैं उनकी खुशबू से ही आपके दरवाजे तक खिंचा चला आता हूँ। कृपया मेरी इस घुसपैठ को माफ कर दीजिए।" मि. पटेल के दरवाजा खोलते ही मि. रॉय बड़बड़ाए। मि. पटेल बुरी तरह अचकचा गए। उन्हें दरवाजा खोलते ही घर का काम करनेवाले छोकरे जैसा एक व्यक्ति प्लास्टिक के बैग में दूध के पैकेट लिये दिखाई दिया, जो दरअसल उनके पड़ोसी मि. रॉय निकले। मि. रॉय अपनी ही तंद्रा में मगन-से दिखाई दे रहे थे।

"अरे-अरे! आइए, मेरे दोस्त।" मि. पटेल ने उन्हें घर के भीतर आने

का निमंत्रण दिया और दरवाजा खोलने से पहले चारों ओर झाँककर देख लिया कि सबकुछ ठीक-ठाक था न!

पटेल जिस घर में रहते थे, उसके लिए कहा जा सकता था कि बस, सारा फैलाव नियंत्रण में था। उनका घर कई तरह के सामान से पटा हुआ था। रसोई में काम आनेवाले उपकरणों की भरमार थी, क्योंकि मिसेज पटेल अकसर टी.वी. शॉपिंग नेटवर्क से कुछ-न-कुछ खरीदती रहती थीं। उनका डाइनिंग टेबल कभी आधुनिक ग्लास टॉप डिजाइन में गिना जाता था, वह कुछ वैसा ही दिखता था, जो मिसेज पटेल ने अपनी कजिन के घर एंटवर्प में देखा था। परंतु उनके घर में वह कई तरह की टोकरियों व डोंगों में भरे फलों से लदा रहता। मि. पटेल का ब्रीफकेस और मिसेज पटेल की पेंसिल लगाई हुई खुली कुक बुक भी अकसर वहीं मिलती। उनके पूरे बड़े कमरे में कालीन बिछा हुआ था, जिसे छोटे-छोटे पायदान रखकर और भी सजावट कर दी गई थी। आलीशान सोफों को अर्द्ध वृत्ताकार रखा गया था। वहीं काँच के स्टैंड पर एक फ्लैट स्क्रीन वाला टी.वी. भी दिखाई देता था, जिसे एक लेस लगे हुए कपड़े से ढका गया था, ताकि उसकी स्क्रीन को धूल, पटेल परिवार के बच्चों की शरारतों या टी.वी. के आगे बैठीं, धारावाहिक देख रहीं मिसेज पटेल की कटती हुई सब्जियों और छीले जा रहे मटर के दानों से होनेवाले हमलों से बचाया जा सके।

उनमें से एक सोफे पर ही मि. रॉय बैठे अपनी जाँघें थपथपा रहे थे। फिर वे अपने घुटने मलने लगे, मानो उन्हें चमकाकर ही दम लेंगे। मिसेज पटेल अपने हाथों में एक ट्रे के साथ प्रकट हुईं, जिसमें गरमागरम भाप उड़ाते पकौड़े और ढोकलों के छोटे-छोटे पीले गोल तकिए-से रखे दिखाई दे रहे थे, जिन्हें देखते ही मि. रॉय अपने घुटने और भी तेजी से मिलने लगे। मिसेज पटेल सबके लिए प्लेटें लगाने लगीं और अनमनी होकर अपनी प्लेट में ही इतने पकौड़े भरने लगीं कि मि. रॉय को चिंता सताने लगी कि उन लोगों के लिए भी कुछ बचेगा या नहीं। आखिरकार, उनकी प्लेट उनके हाथ में आई और मि.

रॉय के चेहरे पर मुसकान खिल गई। उन्होंने मि. पटेल के हाथों प्लेट में परोसी गई हरी चटनी के ढेर में अपना पकौड़ा डुबोया और उसे खाते हुए सोफे से पीठ टिकाकर आँखें मूँद लीं और उसके स्वाद में खो गए।

पटेल की बातचीत के कुछ अंश उनके कानों में पड़ रहे थे, जो उनके इस स्वाद में बाधा दे रहे थे। इस समय उनके दिमाग में जैसे बिजली-सी कौंध रही थी। दरअसल वे गहरी दुविधा में थे। एक बुद्धिजीवी होने के नाते उन्हें केवल अपनी किताबों का साथ पसंद था और वे अपनी चिड़चिड़ी बीवी तक को सहन नहीं कर पाते थे।

अब उन्हें मजबूरन दूसरे लोगों के साथ बैठकर खाना खाना पड़ता था और वे माछ से ऊब चुके थे। अगर यह बात उनकी पत्नी या उनके निकटतम बंगाली समुदाय के कानों में पड़ जाती, जिनके साथ रॉय परिवार बखूबी सामाजिकता निभाता था तो वे लोग उन पर गद्दारी का आरोप लगा सकते थे। और यही कारण था कि वे अकसर चाय के समय अपने पड़ोसियों की मेजबानी का लाभ उठाते हुए चुपके से उनके घर चले जाते।

उनका पेट इतना भर गया कि अपने घर में भी डिनर की गुंजाइश नहीं रही, जो कि थोड़ी ही देर में होने वाला था। इस तरह चोरी-छिपे अपने स्वाद की चीज खाना उनके लिए बहुत बड़ी नियामत था। अगर ये कहें कि यही उनकी जिंदगी बन गया था तो यह कोई बड़ी बात न होगी। इन दिनों उन्हें इस दावत के सिवा कोई दूसरी बात नहीं सूझती थी।

जल्दी ही फिर से दरवाजे पर उसी घंटी का स्वर सुनाई दिया। मि. पटेल को लगा कि बच्चे पार्क से खेलकर आ गए होंगे। उन्होंने अपने एक नौकर को आवाज दी, जो दोपहर की झपकी लेकर दरवाजा खोलने को तैयार था। उसने भाग कर दरवाजा खोला। पर यह क्या! पटेल दंपती के घर में साड़ी में लिपटी मिसेज रॉय अचानक प्रकट हो गईं। पूरे दल पर कुछ ऐसा असर हुआ, मानो सूरज को अचानक बादलों ने ढाँप दिया हो।

अपने पड़ोसियों को अभिवादन करने के बाद मिसेज रॉय अपने खोए

हुए पति के बारे में पूछ ही रही थीं कि अचानक उन्हें मि. रॉय बैठे दिखे, जो भरपेट खा कर संतुष्ट हो चुके थे और मिसेज पटेल की कुकिंग की प्रशंसा के पुल बाँधते हुए कह रहे थे कि उनके अपने घर में उन्हें ऐसा स्वादिष्ट नाश्ता नहीं मिलता। मिसेज रॉय वहीं खड़ी अपने पति को लगातार घूर रही थीं। ज्यों ही उन्होंने अपने हाथ छाती पर बाँधे तो उनकी चूड़ियों की आवाज से मि. रॉय का ध्यान भंग हुआ।

वे उनकी ओर मुड़ते हुए खीसें निपोरने लगे और अपना मुँह साफ करने के बाद उठते हुए चश्मा सैट किया। मिसेज रॉय की आँखें आग उगल रही थीं। उनकी अपनी मुट्ठियों में भिंचे नाखून खुद को ही चुभ रहे थे। चेहरे पर एक सपाट रेखा दिख रही थी। मि. रॉय जानते थे कि अपनी बीवी को मनाने के लिए कुछ कहना चाहा तो मामला और बिगड़ जाएगा। उन्होंने अपने मेजबानों का आभार माना और उनसे विदा लेने के बाद अपनी पत्नी के साथ पटेल के घर से निकल आए।

वे पटेल परिवार के दरवाजे की दहलीज के पास खड़े थे। पीछे वाला दरवाजा बंद हो चुका था। तभी पत्नी उनकी ओर मुड़ी या फिर पटेल परिवार के नौकर के शब्दों में उन पर टूट पड़ी, जिसने दरवाजे के भीतर से झाँककर यह तमाशा देखा था। उसने पूरे मसाले के साथ किस्सा सुनाया कि मिसेज रॉय ने ऐसे शब्दों में मि. रॉय का सत्कार किया, जो उसने आज तक सुने नहीं थे। उन्होंने अपने पति को याद दिलाया कि कैसे एक बार, कई महीने पहले, जब उन्होंने दोई माछ बनाकर भिजवाया तो मि. पटेल ने उसे वापस करते हुए उनका अपमान किया था।

मिसेज रॉय ने पति से कहा, "आप भूल गए? इन्होंने कैसे हमारा अपमान किया था? वह भी अष्टमी के दिन! इतना ही नहीं, बर्बर जंगली लोग, इन्होंने ही पैर रखकर मेरी बनाई अल्पना का भी सत्यानास कर दिया था!" उन्होंने भरपूर जोश से सारी घटना सुनाई; हालाँकि बात इतनी अहम नहीं थी कि उसे याद रखा जाता, पर मिसेज रॉय ने लगातार चिनगारी में घी डालते

हुए उस घटना की याद को ताजा बनाए रखा था।

मि. रॉय ने हिचकते हुए कहा, "वह तो कई साल पहले की बात है। जो हो गया, सो हो गया। हमें इस बात को भुला देना चाहिए। वे हमारे अच्छे पड़ोसी रहे हैं। हमारी शाना उनके बच्चों के साथ कितना समय बिताती है। जो हो गया है, उसे भुला दो। वैसे भी डार्लिंग, वे लोग शाकाहारी हैं, नवरात्र में तो बिल्कुल वेजेटेरियन रहते हैं...वह तुम्हारी कुकिंग का अपमान नहीं था।"

मिसेज रॉय को सँभालना भारी पड़ रहा था। उनकी आँखें भर आईं। उन्होंने अपना पल्लू मुँह पर रखा और सुबकियाँ भरने लगीं—"...और मेरा पति, दुश्मनों के घर जाता है, वह भी उनके हाथ का खाना खाने के लिए। क्या आपने मिसेज पटेल का साइज देखा? इतनी डाइटिंग करने पर भी एक इंच नहीं घटता। क्या तुम भी उनके जैसे बनना चाहते हो?" वे जोर-जोर से रोने लगीं।

तभी इस दृश्य के बीच सिंह परिवार का सबसे बड़ा बेटा समीर सिंह आ गया। अठारह साल के सैम को वैवाहिक जीवन के भीतर की जटिलताओं का कोई अनुमान नहीं था। वही वहीं ठिठक गया। अगर वह थोड़ा भी बड़ा होता तो इस तरह के माहौल में अचानक न टपकता और मिसेज रॉय की नजरों में बुरा बनने से बच जाता। जबकि आगे चलकर हम देखेंगे कि सैम के लिए मिसेज रॉय का दिल जीतना कितना जरूरी था और मिसेज रॉय को मन में वैर पालकर रखने में महारत हासिल थी। अगर ऐसा न होता तो सैम सीढ़ियों पर भागने के कारण लाल पड़ गए चेहरे के साथ उनके सामने न आ धमकता। उसने उन्हें 'हाय' कहा और रॉय दंपती उसे देखकर चौंके तथा शर्मिंदा हो गए।

"मैं सैम हूँ। हम लोग फर्स्ट फ्लोर पर रहने आए हैं। आप पड़ोसियों से मेल-जोल के लिए एक पार्टी रखी गई है। ये लीजिए आपका इन्वीटेशन!" उसने क्रीम रंग का लिफाफा मि. रॉय के हाथों में थमाया। फिर उसने मि. रॉय को बोलकर पटेल परिवार के घर की घंटी बजाई और नौकर के साथ खुसुर-

फुसुर करते हुए उनके घर में घुस गया।

मिसेज रॉय गुस्से से थर-थर काँप रही थीं। हाथों में इन्वीटेशन वाला कागज भिंचा हुआ था और हाथ भिंचे होने की वजह से सफेद पड़ गए थे। चेहरे पर आतंक और आश्चर्य के मिले-जुले भाव थे। अपने से इतनी कम उम्र के लड़के से ऐसे अशिष्ट बरताव को सहन करना उनके बस में नहीं था।

"जंगली बच्चा! कोई तमीज नहीं है। इन्हें क्या लगता है कि अमेरिका के पले-बढ़े हैं तो हम इनके आगे पलकें बिछा देंगे। कोई संस्कार दिख रहे हैं इनमें कहीं!" मि. रॉय को डर था कि कहीं उनकी बीवी गलियारे में ही तमाशा न बना दे। उन्हें यकीन था कि आवाज हर जगह गूँज रही होगी। उन्होंने बात बदलने के लिए पूरा जोर लगाया और उन्हें घर में ले जाने की कोशिश करने लगे, ताकि मिसेज रॉय अकेले में अपना गुस्सा निकाल सकें। उन्होंने ऐलान किया, "हमारी शाना ऐसे गुंडों से कभी नहीं मिलेगी। इस बिल्डिंग का हाल तो देखो। किसी को भी मकान दे देते हैं। बता रही हूँ, पैसा ही सबकुछ नहीं होता।" उन्होंने अपने घर की ओर बढ़ते हुए कहा। और इस तरह मिसेज रॉय ने मि. रॉय के जीवन से सुख व शांति के वे कुछ मिनट भी छीन लिये। जब वे अपने घर के पास पहुँचे तो उन्होंने पटेल परिवार के दरवाजे की ओर चोरी से देखा। उन्हें ढोकलों से भरी प्लेट दिखी, जिस पर उनका नाम लिखा था।

□

6

मि. सिंह उस बार के पीछे बैठे थे, जिसका सामान उन्होंने कई बरसों में जाकर सँजोया था। फिर उन्होंने अपने लिए बीयर डाली और स्वाद से उसका घूँट भरने के बाद चेहरे पर बनी झाग की मूँछों को उलटी हथेली से पोंछ दिया।

रसोई में मिसेज सिंह स्टील के बरतनों के ढक्कन हटाकर उन व्यंजनों को देख रही थीं, जो उनके नए कुक ने लगभग पूरा दिन लगाकर तैयार किए थे। विदेश प्रवास में उनके पास मदद का कोई साधन नहीं होने के कारण सबकुछ अपने आप ही करना पड़ता था। इसलिए जो काम वह स्वयं नहीं करती थीं, उसके लिए मन में थोड़ा सा वहम बना रहता। हालाँकि उन व्यंजनों से आनेवाली गंध उनके स्वादिष्ट होने की गवाही दे रही थी। तसल्ली होने के बाद वे बार में अपने पति के पास चली गईं। उन्होंने शाम का भरपूर आनंद लेने का मन बना रखा था।

तभी तेज संगीत की आवाज के बीच दरवाजे की घंटी बजी। उसकी आवाज सुनाई तक नहीं दे रही थी। मिसेज सिंह ने चिल्लाते हुए लड़कों से आवाज कम करने को कहा और मि. सिंह उस शाम के पहले मेहमानों को लिवाने चल दिए।

मिस्टर और मिसेज रंगनेकर ने गरदनें मटकाते हुए मि. सिंह के घर में कदम रखा। मि. सिंह उन्हें अपने बार की खुशनुमा रंगत से सराबोर करना चाहते थे, इसलिए उन्होंने एक दुर्लभ जापानी व्हिस्की पेश करने का प्रस्ताव

रखा, जिसे उन दोनों ने ही नकार दिया। बहुत समय तक सिर हिलाने और हाथों से इनकारनुमा मुद्राओं के बाद मौसंबी के जूस पर आकर बात ठहरी। वे मि. सिंह के अमेरिकी सुपर साइज सोफा पर आकर बैठे। चेहरे पर उस गुनहगार छात्र जैसे भाव थे, जिसे किसी ने प्रिंसीपल के ऑफिस के बाहर इंतजार करने को कह दिया हो। जब सिंह दंपती बोलने लगे तो वे दोनों हाथों में कसकर गिलास थामे, चेहरे पर मुसकान चिपकाए सुनने लगे और संवाद के दौरान अंतराल की प्रतीक्षा में रहे, ताकि अपने जूस का घूँट भर सकें।

"तो मि. रंगनेकर, आप क्या करते हैं?" मि. सिंह ने पूछा।

उत्तर में मि. रंगनेकर ने अपने जूस का लंबा घूँट भरा और तब तक उनके मेजबान अपने अगले प्रश्न पर आ गए।

"क्या आपको पूरा यकीन है कि आप इससे कुछ स्ट्रांग नहीं पीना चाहेंगे? मिसेज रंगनेकर, आप सुनाइए, क्या चलेगा?" मि. सिंह मन-ही-मन सोच रहे थे कि अगर इस धरती पर किन्हीं दो लोगों को अच्छे स्ट्रांग ड्रिंक की जरूरत है तो वे ये दोनों ही हो सकते हैं। उन्होंने सोचा कि उन दो लोगों को थोड़ा खुलकर जीने की सख्त जरूरत है।

तभी मि. रंगनेकर आगे आए और उन दोनों की ओर से उत्तर देते हुए कहा, "नहीं-नहीं, शुक्रिया। ये अल्कोहल नहीं लेतीं।"

मि. सिंह अपने मेहमानों को छोड़कर उठ गए, ताकि अपने ड्रिंक में कुछ और आइस क्यूब्स डाल सकें। दोनों बंदियों को उनके उठते ही जैसे गहरा सुकून-सा आ गया। पर ऐसा बहुत देर तक नहीं रहा। जब वे सोफे पर अकेले बैठे थे तो उसी दौरान मिसेज मोदी बड़े कमरे की ओर बढ़ी चली आ रही थीं। इस तरह मि. सिंह को थोड़ा ठहरकर, दूर से ही अपने पड़ोसियों का जायजा लेने का मौका मिल गया। उन्होंने सोचा, बड़े निराले जीव भरे हुए हैं। फिर वे अगले मेहमान का स्वागत करने को आगे आ गए।

मिसेज मोदी पैट्रिक नामक सहायक के साथ थीं, इसलिए वे अकेली मेहमान की तरह केंद्रबिंदु बनने से बच गईं। वे घर में छड़ी के सहारे दाखिल

हुईं। पैट्रिक ने उन्हें बाँह से थामा हुआ था। वे कमरे में आने से पहले गलियारे में एक पल को थमीं और चश्मे को थोड़ा सा उठाते हुए सिंह परिवार के घर का मुआयना किया। जो भी दिखा, उससे पूरी तरह से संतुष्ट होने के बाद वे बड़े कमरे की ओर चलीं। वे रंगनेकर दंपती को देखकर खिल गईं, जिनके चेहरे के भाव असहजता से सतर्कता की ओर आ चुके थे। पैट्रिक ने उन्हें जो सीट दी, उन्होंने उसे रंगनेकर दंपती की ओर खिसका लिया। उन्होंने मिसेज रंगनेकर की ओर ध्यान से देखा। "ओह, मिस्टर एंड मिसेज रंगनेकर!" वे उन्हें बिल्डिंग में बहुत कम दिखाई देती थीं।

"कितनी अच्छी बात है, आज आपसे मिलने का मौका मिला।" मिसेज मोदी ने रंगनेकर दंपती को संबोधित किया, जो लगातार असहज होते हुए सोफों पर आगे की ओर खिसक आए थे।

"मि. रंगनेकर, साल के इन दिनों में गरमी कितनी बढ़ जाती है! आपको तो अच्छी तरह पता चलता होगा, क्योंकि आप अधिकतर तो काम से देरी से ही वापस आते हैं।" मि. रंगनेकर ने जवाब में अपना गिलास खाली कर दिया। उन्होंने अपनी दूरबीन पर उँगलियों से टहोका दिया। भले ही बूढ़ी हो गई हैं, पर उनकी नजर से कुछ नहीं छिपता। फिर उन्होंने गठिया से मुड़ी उँगलियों से ताली बजाई और इससे पहले कि वे कुछ और कहने को मुँह खोलतीं, रंगनेकर दंपती अपनी जगह से उठ खड़े हुए, अपनी घड़ियों की ओर संकेत करते हुए 'गुडबाय' कहा और चले गए। मिसेज मोदी मारे बेचैनी के कुरसी से सरक गईं। पर जल्द ही मि. सिंह ने उनके हाथों में बढ़िया ब्रांडी का गिलास थमा दिया और वे रंगनेकर के जल्दी उठकर जाने की घटना को भूल गईं।

अली खान परिवार भी आया; पर लैला साथ नहीं थी, क्योंकि उसे अपने कॉलेज का कोई प्रोजेक्ट बनाने के लिए अपनी सहेली के घर जाना था और उनके थोड़ी देर बाद कपूर परिवार आया। उनके आने से आगेवाले दरवाजे और गलियारे में भीड़-सी जमा हो गई।

आपस में नमस्कार और परिचय की लड़ी-सी लग गई और बड़े कमरे

में केवल वयस्क ही रह गए। बच्चों को सिंह परिवार के बेटों के कमरे में भेज दिया गया, जहाँ अटपटे-से परिचय के बाद वे झट से मिलकर कंप्यूटर और आई पैड के आसपास जुट गए। उनके सिर आपस में ऐसे जुड़े थे, मानो मिलकर कोई साजिश रच रहे हों। सैम सबसे बड़ा होने के नाते अपने मेहमानों के लिए ड्रिंक व स्नैक्स लाने में जुटा था और वे अपने उपकरणों से सिर उठाए बिना ही सबकुछ भकोस रहे थे। इसके बाद पटेल दंपती आए। मिसेज पटेल अपने साथ काँच के कैसेरोल में घर में बना लेमन टार्ट्स लेकर आई थीं। उन्होंने मि. सिंह से कहा कि उसे झट से फ्रिज में लगवा दिया जाए। फिर वे झट से अपने पुराने दोस्तों से मिलने और नई दोस्ती बनाने को आगे चल दीं। मि. सिंह के हाथों में लेमन टार्ट्स की लगाम थमा दी गई थी तो और वे इस बात से मायूस थे कि उन्हें नए आए मेहमानों के लिए ड्रिंक तैयार करने का मौका नहीं मिल रहा था। उन्होंने उस डोंगे को वहीं छोटी मेज पर रखा और भुला दिया।

युवाओं के बीच कार्बोहाइड्रेट्स-युक्त आहार जाने के बाद यारियाँ जम चुकी थीं और दो और लोगों के शामिल होते ही वे आपस में धींगामुश्ती करने लगे। जल्दी ही तीसरे नंबर के भाई ए.जे. से गाने की फरमाइश करने लगे। ए.जे. को ऐसे श्रोता-दर्शक बहुत पसंद थे और उसने जल्दी ही रैप बोलना शुरू कर दिया। उस ग्रुप के युवा मुँह खोले हैरानी से उसे ताक रहे थे। उनकी आँखों से तारीफ टपक रही थी। ज्यों ही ए.जे. ने रैप पूरा किया, उससे कुछ और सुनाने के आग्रह किए जाने लगे। तभी मिसेज सिंह ने दरवाजा खोलकर अंदर झाँका और एक नए व्यक्ति को अंदर ले आईं। सारी हलचल पल भर के लिए थम-सी गई। चौथी मंजिल पर रहनेवाले रॉय दंपती की इकलौती संतान शाना रॉय भीतर आई और अपनी काँख में एक किताब दबाए, कमरे के बीचोबीच खड़ी बैठने के लिए स्थान तलाशने लगी।

शाना एक लजीली और अंतर्मुखी स्वभाव की लड़की थी, जिसे किताबों के सिवा कोई दूसरा साथ पसंद नहीं था। हालाँकि वह पड़ोस के पटेल परिवार

की लड़कियों से दोस्ताना बरताव रखती थी, पर उसे भीड़ पसंद नहीं थी। वह अकसर अपनी शामें बाग की बेंच पर किताब में मुँह गड़ाए बिताती, जबकि दूसरे बच्चे वहीं फुटबॉल खेलते या आसपास साइकिल चलाते। उनकी साइकिलों के ट्रेनिंग व्हील बहुत ज्यादा इस्तेमाल करने से बिगड़ गए थे। बच्चे जानबूझकर उनसे शोर करते और यह उनके खेल का एक हिस्सा था।

शाना सैम और अली खान के छोटे बेटे के बीच बैठी थी, जिसके हाथों पर इतनी सारी चॉकलेट लगी हुई थी कि उसने खाते-खाते अनजाने में अपनी ही निक्कर से हाथ पोंछ लिये; जबकि दूसरा लड़का अपने आईपैड में मशगूल था। शाना उनके बीच बुत बनी बैठी थी और अपनी किताब भी नहीं खोल पा रही थी। वह बिल्कुल सीधा ताक रही थी और यही चाहती थी कि किसी पड़ोसी से नजरें मिलाने की नौबत न ही आए।

बाहर मि. सिंह के बार के आलीशान किस्सों से सराबोर होकर मुखर हो चुके वयस्क अपने पुराने वैर भुलाकर बहुत अच्छी तरह आपस में घुल-मिल गए थे। मिसेज रॉय ने कमरे का एक कोना ले लिया था। वे वहीं बैठकर मिसेज अली खान और मिसेज सिंह को नाटकीय अंदाज में बंगाली सिनेमा की खूबियाँ गिना रही थीं। मिसेज पटेल दो गिलास वाइन पीने के बाद पूरी निडरता से उनके ग्रुप में आ पहुँचीं। जब वे मिसेज रॉय की हर बात पर गरदन हिला-हिलाकर हामी भरने लगीं तो अपने ग्रुप में इस नई भरती से उत्साहित होकर मिसेज रॉय ने पुरानी बंदियों को रिहा किया और केवल मिसेज पटेल से मुखातिब हो गईं, जो अपनी पड़ोसिन के चेहरे से अपनी नजरें तभी हटाती थीं, जब उन्हें खाने के लिए कोई स्नैक्स लेना होता। उन्होंने नैपकिन में बहुत सारे कॉकटेल समोसे भर लिये और बीच-बीच में लगातार खाती रहीं। जब वे खत्म हुए तो उन्होंने मिसेज रॉय को दो मिनट के अंतराल के लिए कहा, ताकि वे अपने लिए दोबारा कुछ खाने को ला सकें।

सारे पुरुष बार के आसपास जमा हो गए और आय कमाने की राजनीति एवं आधुनिक भारत में रोजी-रोटी कमाने जैसे विषयों पर चर्चा करने लगे।

गिलास बार-बार खाली हुए और भरे गए। वे लोग मि. रॉय के जी.एस.टी. चुटकुलों के बीच ठहाके लगाते रहे। चखने के डोंगे भी दो बार भरे जा चुके थे। मि. रॉय पेशे से सी.ए. थे और न केवल दोस्तों, बल्कि पड़ोसियों के बीच भी निःशुल्क सलाह के लिए जाने जाते थे। मि. कपूर ने अपनी एक बाँह बार पर टिका रखी थी और अपने मुँह में निशाना साधकर मूँगफली के दाने डालते जा रहे थे। हालाँकि शाम ढलने लगी और उनके निशाने गलत लगने लगे। अब उनके अधिकतर दाने मुँह की बजाय पीछे बैठी मिसेज मोदी के बैककॉम्ब किए हुए बालों में जाकर गिर रहे थे। सत्तर वर्षीया धूर्त मिसेज मोदी ने मिसेज कपूर को घेरा हुआ था, जो शाम से ही मिसेज मोदी के साथ बनी हुई थीं। अब वे दोनों मिसेज मोदी के मोतीवाले ब्रोच की तारीफों के पुल बाँध रहे थे। मिसेज मोदी ने बताया कि वह उनकी पारिवारिक धरोहर था, जो उनके पुरखे ईरान से भारत आते समय अपने साथ लाए थे।

"इनकी चमक का जवाब नहीं है। ये वैसे मोती नहीं हैं, जो आजकल मिलते हैं।" मिसेज मोदी ने लिपस्टिक रँगे होंठों को रूमाल से हलका थपथपाकर उसे अपनी हथेली में दबा लिया। वे अपने हाथ की प्लेट में कबाब लिये यही सोच रही थीं कि डिनर कब परोसा जाएगा।

अचानक बत्तियाँ धीमी कर दी गईं और पुरानी हिंदी फिल्मों का '70 के दशक का संगीत तेज स्वर में बजने लगा। मिसेज मोदी ने अपना चश्मा लगा लिया, ताकि मिसेज अली खान को देख सकें, जो अपने पति को कमरे के बीच झटपट खाली की गई जगह में ले गई थीं। वे दोनों वहीं थिरकने लगे। जब वे एक-दूसरे के साथ-साथ नाच में मगन हुए तो सभी उनके आसपास गोल दायरा बनाकर खड़े हो गए। उनकी सहजता और सुंदरता से प्रेरित होकर मि. कपूर ने गोदी में पड़े खाने के कतरे झाड़े और अपनी बीवी को हाथ थामकर वहीं खींच लिया, जो अब डांस फ्लोर बन गया था।

लोग अपने गिलास रखकर तालियाँ व सीटियाँ बजाने लगे और देखते-ही-देखते महफिल जम गई।

मि. सिंह अपनी पार्टी की सफलता से रोमांचित हो उठे। वे अपनी पत्नी के पास गए और अपना हाथ बड़े ही प्यार से उसके कंधे पर रखकर चुपके से बधाई दी कि उसने परिवार को भारत वापस लाने का निर्णय लेकर अच्छा ही किया। अचानक उन्हें किसी ने पीछे से चुटकी काटी। उन्होंने मुड़कर देखा तो उनका सबसे छोटा बच्चा अपने किसी नए दोस्त के साथ मौजूद था और अपने छोटे से हाथ से पेट को मल रहा था—यह संकेत सारी दुनिया में पहचाना जाता है, 'भूख लगी है'। उन्होंने बच्चों को वापस भेजते हुए कहा, "बस, अभी देते हैं, बेटे। आप अंदर जाकर अपने दोस्तों के साथ खेलो।" अंदर जाते हुए दोनों बच्चों की नजरें मिसेज पटेल के लेमन टार्ट्स पर गईं और उन्होंने अपने हाथों में उसे भर लिया। ज्यों ही वे उन्हें अंदर लेकर गए तो बाकी बच्चों ने उन्हें दोबारा और लाने भेज दिया। मीठा खाते ही बच्चों में नया जोश उमड़ आया और वे कमरे में आकर चुपचाप बड़ों के गिलासों में छोड़े गए ड्रिंक्स के घूँट भरने लगे। बड़े लोग अपने आप में इतना मगन थे कि उन्हें कुछ पता नहीं चला। बीयर और व्हिस्की पीने के बाद बच्चे बिल्कुल शराबियों की तरह पेश आते हुए बड़ों की नकलें उतारने लगे और फिर दीवानों जैसी हरकतों पर उतर आए।

रसोई के भीतर सिंह की कुक छाती के पास बाजू मोड़े पैट्रिक के पास खड़ी थी। स्वर्गीय मि. मोदी के हिप फ्लास्क की मदद से कुछ घूँट चढ़ाने के बाद उसने डिनर परोसने की जिद पकड़ ली। तंदूरी चिकन पर हमला करने की नीयत से आगे बढ़ा तो कुक ने उसे बेलन की मदद से पीछे हटा दिया। हारकर वह एक कोने में जा बैठा और आजकल के नौकरों के बारे में बातें बनाने लगा।

पार्टी का धूम-धड़ाका सिंह दंपती के घर के बाहर तक सुनाई दे रहा था। दूसरी ओर रंगनेकर दंपती ने अपने घर के आगेवाले दरवाजे के नीचे तौलिया मोड़ कर फँसाया और अपने कानों में रुई ठूँसी, ताकि वे शोर से बचाव करके सोने जा सकें।

लिफ्टमैन सारी शाम से पहली मंजिल पर ही था। उसे पल-पल की खबर थी। वह स्टूल पर बैठा अंदर से आ रहे संगीत की धुन पर पैर से ताल दे रहा था। बीच-बीच में अपनी जेब से थोड़ा सा तंबाकू निकालकर वह अपने निचले होंठ तले दबा लेता। फिर चूसने की अजीब-अजीब सी आवाजों के बीच अपने जबड़े को तेजी से चलाते हुए अपने तंबाकू का मजा लेने लगता।

जी भरकर मस्ती करने के बाद सिंह परिवार के मेहमान डाइनिंग रूम की ओर बढ़ चले। एक बड़ी सी मेज पर बहुत सारे व्यंजन परोसे गए थे, जिनकी गरम-गरम भाप से मिसेज रॉय के चश्मे के शीशे धुँधला-से गए।

मिसेज सिंह एक आधुनिक और ज्यामितीय नमूने वाले मोमबत्तीदान में मोमबत्तियों को लगा रही थीं। मि. पटेल का ध्यान इस ओर गया। (बाद में उन्होंने अपनी पत्नी के आगे तारीफ करते हुए कहा कि वे यह देख अचंभित हो गए थे कि मोमबत्तियों को बिना किसी आधार के सीधा कैसे खड़ा किया गया था।) उनकी खूबसूरती निहारने के चक्कर में वे लाइन रोककर खड़े हो गए। दूसरे लोगों के लिए खाने तक पहुँचना मुश्किल हो गया। जब उन्हें आगे जाने के लिए बहलाया गया तो उन्होंने कोने से एक प्लेट उठा ली, जिन्हें मोटे पेपर नैपकिन के साथ कोने में सलीके से रखा गया था। नैपकिन पर अमेरिकी झंडा छपा था और किनारों पर लाल अक्षरों में 'हैप्पी फोर्थ' लिखा था।

धीरे-धीरे मेहमानों ने मेज के आसपास जमघट लगा लिया और स्वादिष्ट व्यंजनों के बारे में बातें होने लगीं। महिलाओं ने मिसेज सिंह से आग्रह किया कि वे उनके व्यंजनों की रेसिपी जरूर लेना चाहेंगी।

मिसेज मोदी खाने की मेज के पास आईं तो हड़बड़ाहट-सी मची और इसी बीच बिरयानी मि. रॉय को पकड़ने के लिए दे दी गई। एक मैट और कटलरी रखने के बाद बूढ़ी महिला के बैठने के लिए कुरसी रखी गई। मि. रॉय अपने हाथ के व्यंजन की खुशबू में खोए हुए थे। अचानक उनकी पत्नी ने टहोका देते हुए उनके हाथ से डोंगा लिया और उसे बड़ी मुश्किलों से मेज के बीच जगह बनाते हुए उनकी पहुँच से दूर रख दिया।

मि. कपूर हमेशा की तरह मौके का फायदा उठानेवालों में से थे। उन्होंने एक हाथ में भरी प्लेट एवं दूसरे हाथ में कुरसी थामी और मेहमानों के बीच रास्ता बनाते हुए बाहर आ गए। उन्होंने मिसेज मोदी के पास अपनी कुरसी जमाई और भौंचक्की महिला को अपनी दमदार आवाज से चौंकाते हुए कहा, "मिसेज मोदी, मैं आपको कंपनी दूँगा। हम आपको इस तरह अकेले खाना नहीं खाने दे सकते।" उन्होंने अपनी प्लेट और व्हिस्की से भरा गिलास मेज पर टिकाया, जिसमें रखी आइस क्यूब झलमला उठी और फिर वे अपना खाना ठूँसने लगे। मिसेज मोदी ने मुँह बनाया और अपने आगे नैपकिन लगाते हुए बचाव करना चाहा। मि. कपूर बात करते हुए लगातार उन पर थूक के छींटे बरसा रहे थे।

डाइनिंग हॉल के दूसरे कोने में मिसेज पटेल हाथ में काँच का एक डोंगा लिये खड़ी थीं और उन्हें समझ नहीं आ रहा था कि वह क्या बना हुआ था। मिसेज सिंह ने खिलखिलाकर कहा, "ओह, डियर! यह तो घर का बना हुआ मक्खन है। मेरे पति तो इसके बिना खाना ही नहीं खा सकते।"

मिसेज पटेल और भी चकरा गईं। उन्होंने पूरे जीवन में इतना मक्खन एक साथ नहीं देखा था। वे मन-ही-मन कैलोरी की गणना करने लगीं और बाकी बची हुई शाम मि. सिंह को कनखियों से देखते और सोचते हुए बीती कि वे अब तक दिल के दौरे से कैसे बचे हुए थे?

तभी बाहर के दरवाजे की घंटी बजी और सैम व ए.जे. जवाब देने के लिए लपके। बाहर डिलीवरी ब्वॉय उनके लिए पिज्जा बॉक्स लिये खड़ा था, जिनके ढेर ने उसके चेहरे को भी ढक दिया था। सैम उसे पैसे देने के बाद दरवाजा बंद करने ही वाला था कि अचानक आवाज सुनाई दी, "सर! ये नहीं चलेगा।"

सैम आवाज सुनकर पलटा।

"मेरे हिसाब से तो यह इंडियन करेंसी ही है, भाई! इसमें क्या परेशानी है?" सैम ने पूछा।

डिलीवरी ब्वॉय ने दो हजार के नोट को दोबारा रोशनी में ले जाकर देखते हुए कहा, "ये नोट नकली है, सर।"

सैम मन-ही-मन शर्मिंदा-सा हुआ और सोचा कि इस बारे में पापा को बताना होगा। उसने अपनी जेब से एक फटेहाल पर्स निकाला और पैसे दिए। उस आदमी ने नोटों को जाँच कर धन्यवाद दिया और चला गया।

दोनों भाइयों ने एक-दूसरे को हैरानी से देखा कि यह अभी क्या हुआ। पर उनके कमरे से आनेवाले धमाल ने ध्यान भटका दिया। वे पिज्जा लेकर सीधा अंदर चल दिए। उन्होंने कमरे का दरवाजा ठोकर मारकर खोला। सारे कमरे में सिंथेटिक चीज और सीले हुए गत्ते की गंध फैल गई। सारे कमरे में पसरे हुए निष्क्रिय बच्चे बड़ी फुरती से पिज्जा स्लाइस की ओर लपके और चीज से लबालब पीस उठाकर खाने लगे।

शाना ने अपनी बारी आने का इंतजार किया। फिर वह एक टुकड़ा लेकर अपनी जगह लौट आई और वहीं चिली फ्लेक का छोटा पैकेट खोलते हुए सारा पैकेट पलंग पर बिखर गया। इस तरह पूरे कमरे में 'शाना!' के नाम की गुहार के साथ छींकों का दौर चालू हो गया। एक छोटे बच्चे ने पहले अपनी उँगली से चीज में से जलापीनो (मेक्सिको की तीखी मिर्च) निकाला था, फिर उसने वही उँगली आँख में मार ली और मारे जलन के रोने लगा। सारे कमरे में सन्नाटा छा गया। बच्चों को लगा कि उनकी पार्टी का कचरा न हो जाए इसलिए उन्होंने उसके मुँह पर हाथ रखकर उसे चुप करवाना चाहा। इस तरह यह मामला और भी बिगड़ गया। पटेल परिवार की लड़कियाँ उसे बाथरूम में ले गईं और उसके चेहरे पर ठंडा पानी डाला। जलन और रोना शांत हो गए। हालाँकि नन्हे टाइकी ने अपने शरारतीपन का परिचय देते हुए उसे बचानेवाली लड़कियों पर ही पानी उलीचना शुरू कर दिया। वह लड़की चिहुँकी और उन सबके बीच वहीं पानी की जंग शुरू हो गई।

बच्चे दीवानावार पलंग और सोफों पर कूदने लगे। उन्होंने एक-दूसरे को तकियों से मारा और कोक के खाली कोन में पानी भरकर एक-दूसरे पर

डालने लगे। कपूर परिवार की एक छोटी बच्ची का टखना मुड़ा और वह पलंग से नीचे आ गिरी। वह तेज दर्द से कराहते हुए वयस्कों की दुनिया में जा पहुँची।

मिसेज कपूर ने ही सबसे पहले अपनी नम आँखों वाली लँगड़ाती हुई बिटिया को देखा और झट से उसके पास आईं। नन्ही बच्ची की हिम्मत टूट गई थी। उसने किसी तरह रोते हुए मम्मी को बताया कि उसके पैर में किस तरह चोट आ गई।

अधिकतर वयस्क उसके आसपास जमा हो गए, जिससे वह और भी असहज महसूस करने लगी। मिसेज कपूर अपने बच्चे के इस तमाशे से मन-ही-मन शर्मिंदा-सी हुईं और उसकी चोट के बारे में सोचकर पति को आँखों-ही-आँखों में चलने का संकेत किया। कपूर परिवार ने अपने बच्चे जमा किए और बहुत सारे शुक्रिया, दोबारा आने और उनके यहाँ पार्टी करने के वादे के बीच अपने मेजबानों से विदा ली। उनके जाते ही सबने अपने फोन देखकर ऐलान किया कि उन्हें भी पार्टी के चक्कर में समय का ध्यान नहीं रहा और वे भी अब घर वापस जाना चाहेंगे।

अपने चेहरों पर शांत व आनंदमयी भाव लिये युवाओं ने बेमन से दोस्तों से विदा ली। यह देखकर मिसेज पटेल मायूस हो गईं। वे हर जानेवाले परिवार से यही कहती सुनी गईं, "पर मीठे का क्या होगा ? आप सबने मेरा लेमन टार्ट तो चखा ही नहीं।"

मेहमानों ने पेट पर हाथ फिराकर बताया कि वे एक चम्मच भी और नहीं खा सकते थे। मिसेज मोदी पैट्रिक की बाजू थामे बाहर निकल रही थीं। केवल उन्होंने ही आग्रह किया कि उनके लिए लेमन टार्ट पैक कर दिया जाए।

"मैं पैट्रिक को लेने भेज दूँगी।" उन्होंने लिफ्ट में जाने से पहले मिसेज पटेल से कहा, "थोड़ा ज्यादा पैक कर देना। मेरे तोते को मीठा बेहद पसंद है।" फिर उन्होंने अपने दाँतों की ओर संकेत से बताया कि उनके डेंटलिस्ट ने उन्हें मीठा खाने से मना किया और इस तरह वे अपनी मनपसंद चीज अपने तोते को खिला देती हैं।

मिसेज सिंह ने किसी तरह हँसी रोकी और लेमन टार्ट पैक करने भीतर गईं। अंदर जाकर उन्होंने देखा कि लेमन टार्ट का डोंगा खाली पड़ा था और उसके साथ ही सोफे पर दो छोटे लड़के गहरी नींद में खोए हुए थे।

□

7

सिंह की हाउसवार्मिंग पार्टी के बाद की सुबह ठीक वैसी ही थी, जैसी आमतौर पर रोजाना होती है। सुबह आठ बजे तक सूरज इतना चढ़ आया था कि सीमेंट से बना रास्ता तपने लगा और माली ने उसे पानी छिड़ककर ठंडा किया। अब वह सिर पर एक पतला, हलका लाल रंग का गमछा लपेटे, पैंट को घुटनों तक ऊँचा चढ़ाए, सूखे पत्ते एक टोकरी में जमा करते हुए झाड़ियों में आ-जा रहा था। धोबी और उसकी बीवी दरबान को सलाम ठोंकने के बाद भीतर घुसे। धोबी ने मद्रासी प्रिंट के कपड़े में भारी बोझ को सिर पर और धोबिन ने कमर पर साध रखा था। वे दोनों सीढ़ियों की ओर बढ़े। वे हर घर के आगे ठहरते, अपनी पोटली खोलते, लोगों को उनके धुले हुए एवं इस्त्री किए हुए कपड़े सौंप देते। कई बार कोई चाय पीने को बोल देता तो वहीं अपने-अपने सामान पर बैठकर जल्दी-जल्दी चाय के घूँट भरने लगते। कई दरवाजों पर गप्पबाज मेमसाहब अड़ोस-पड़ोस की बातों में उलझा देतीं, क्योंकि धोबी का तो घर-घर जाना ठहरा, उसे सब पता रहता था। इस दौरान रजिस्टर में कपड़ों का हिसाब भी नोट हो जाता।

मिसेज मोदी अपनी ड्रेसिंग टेबल के बड़े से शीशे के सामने बैठी अपने मेकअप को अंतिम रूप दे रही थीं। उन्होंने थोड़ी सी पॉण्ड्स क्रीम की मदद से अपनी उँगली में शादी वाली अँगूठी चढ़ाई। फिर एक हलकी गुलाबी रंग की लिपस्टिक को होंठों पर फिराया और होंठ आपस में जोड़ते हुए उसे सँवारा। इसके बाद उन्होंने प्रेस किए सफेद रूमाल को नाक के पास

लेकर गहरी साँस ली। वे देखना चाहती थीं कि उस पर उनका मनपसंद यूडी कोलोन, यार्डले का इंग्लिश लैवेंडर छिड़का हुआ है या नहीं। उनके पति की ओर से पहला तोहफा यही मिला था और उन्होंने इसके अलावा कभी कोई दूसरा परफ्यूम इस्तेमाल नहीं किया। उन्हें लगता था कि कोई भी परफ्यूम आपको भटका सकता है।

"आप नहीं जानते कि किसी की असली गंध से आप उसके बारे में कितना कुछ जान सकते हैं।" वे अकसर कहतीं।

उन्होंने काँपते हाथों से रूमाल को तहों में लपेटा और स्कर्ट की जेब में रखकर अपनी छड़ी हाथ में उठा ली। उन्होंने उससे फर्श को ठकठकाया। जब उस आवाज से पैट्रिक को कुछ सुनाई नहीं दिया तो उन्होंने उसे पुकारा। पैट्रिक रसोई से डगमग करता आया और उन्हें वहाँ से उठने में मदद करते हुए खाने के कमरे तक ले गया और उनके लिए एक कुरसी खींची। मिसेज मोदी ने बैठते ही संकेत किया और उसने झट से एक नैपकिन उनके गले के आसपास लगा दिया, ताकि खाते हुए उनके ब्लाउज पर कुछ न गिरे। इसके बाद वह टोस्ट पर बटर लगाने लगा। फिर वह उनके लिए रोज का अखबार लाया, जिसमें से शोक-संदेश वाला कॉलम निकालकर जोर से पढ़ने लगा।

मिसेज मोदी ने खाना रोककर उसे सुना। उन्हें यह जानकर अच्छा लगा कि उनके किसी जानकार का नाम उसमें नहीं था। उन्होंने नौकर से कहा कि उनके अफसोस में पहने जानेवाले कपड़े अलमारी में रख दे। फिर उन्होंने नमक और काली मिर्च की डिब्बी के पास रखी छोटी सी घंटी बजाई और उनकी कुक एप्रन से हाथ पोंछते हुए बाहर आ गई। दिखने में सुंदर अधेड़ उम्र की महिला से मिसेज मोदी ने पूछा कि क्या पार्टी वाले घर से लेमन टार्ट आए थे? नकारात्मक उत्तर मिलने पर उन्होंने मायूसी से सिर हिलाया और मेज से उठ गईं।

फिर वे बालकनी में गईं, जहाँ उनका सबसे दुलारा और लाडला तोता पिंजरे में बैठा था। उन्होंने झुककर पिंजरे पर टहोका दिया और वह जाग गया।

कुछ मिनटों तक बातचीत चली, जिसमें तोते और मिसेज मोदी दोनों के ही पल्ले कुछ नहीं पड़ा और फिर वह बूढ़ी महिला बालकनी में अपनी मनपसंद सीट पर जा बैठीं। उन्होंने दूरबीन उठाकर सारे कंपाउंड में नजर दौड़ाई। जब कुछ भी काम का या रुचिकर नहीं दिखा तो उन्होंने दूरबीन को गरदन में लटका रहने दिया और अपना कॉर्डलेस फोन उठा लिया। फिर उन्होंने अपने बैग से चमड़े की बनी फोनबुक निकाली। उन्होंने उसके पीले पड़ चुके पन्ने पलटे और फिर अपने बुकमेकर का नंबर निकाला, जिसे वे 'बुकी' कहती थीं। उनकी बाकी सुबह फोन पर दाँव लगाते हुए ही बीतती थी। मिसेज मोदी घोड़ों के मामले में बहुत लकी थीं।

बिल्डिंग में ही कहीं मिसेज पटेल की सुबह बहुत हसीं नहीं थी। वे भयंकर सिरदर्द के साथ बच्चों की आपसी लड़ाई के शोर के बीच उठीं। उन्होंने थोड़ी देर और सोना चाहा, पर नाकामयाब रहीं और रसोई की ओर आ गईं। प्रेशर कुकर ने भी खासा शोर मचा रखा था। उनका कुक नाश्ते के लिए इडलियाँ तैयार कर रहा था। मिसेज पटेल ने फ्रिज से पानी की बोतल निकालकर आँखों पर रख ली, ताकि सिर पर बना हुआ दबाव घट सके। फिर उन्होंने अपने लिए एक गिलास पानी निकाला एवं अलमारी से ईनो निकालकर चम्मच से गिलास में डाला और गटागट पी लिया। उनके हिसाब से पिछली रात तेल और मसालों से भरपूर पंजाबी खाने की अति के कारण ही उनकी यह हालत हुई थी और यह सब उनके शरीर की बनावट के अनुसार नुकसान करता था। खाने के नाम पर उन्हें वे रेसिपी याद आ गईं, जो उन्होंने अपनी पड़ोसन से ली थीं। वे सीधा अपने सोने के कमरे में गईं। सारी दराजों में से खोजकर वे कागज निकाल लिये। उन्हें खुशी से चूम लिया, जिनसे पिछली रात के व्यंजनों की महक अब भी आ रही थी। तभी उनके पेट में फिर से मरोड़ पड़ा और जी मिचलाने-सा लगा। वे पलंग पर लेटीं और आँखों पर हाथ रख लिया। वे अपने पैर के अँगूठे तब तक हिलाती रहीं, जब तक उनकी नौकरानी बेड टी—चाय, दूध, दो चम्मच चीनी, डुबोकर खाने के

लिए बिस्कुट और नाश्ते का सामान लेकर नहीं आ गई। उन्होंने अखबार में राशिफल पढ़ते हुए अपना नाश्ता किया। इस दौरान उन्होंने अपने परिवार में सबका राशिफल भी देख लिया और फिर पलंग पर पसरकर अपनी नौकरानी को आदेश दिए कि उन्हें दोपहर के भोजन के समय ही जगाया जाए।

मिसेज कपूर की सुबह बहुत बढ़िया और जल्दी हो गई। उन्होंने अपनी पिछली रात उस बच्चे के साथ बिताई, जिसे चोट आ गई थी। मि. कपूर के प्रणय प्रस्तावों और खर्राटों से बच गई थीं। मम्मी के साथ झटपट एक कॉल निबटाई और उन्हें बच्चे की चोट के बारे में न बताना ही बेहतर समझा। फिर उन्होंने अपनी सहेली मिसेज अली खान को फोन लगाया और पता चला कि वे उठकर घर का लगभग हर काम निबटा चुकी थीं और वे बतियाने लगीं।

रात का डिनर कितना कमाल रहा।

"सारे आए थे। पता है, रंगनेकर भी आ गए। मैं उनसे मिलने नहीं गई थी। मैंने यह काम मिसेज पटेल को दे दिया था, जो सबको जानती हैं।" मिसेज अली खान बोलीं।

"खाना स्वादिष्ट था। क्या मिसेज सिंह ने खुद बनाया होगा?"

"उनके पास बढ़िया कुक है। मैं सोच रही थी कि उसे कितना देते होंगे? उनसे पूछती हूँ कि मेरे लिए कोई अच्छा कुक खोज दें।"

"और सिंह! कितना प्यारा परिवार है न!"

"लड़कों को भी देखो। दूसरे एन.आई.आर. छोकरों की तरह हर मामले में टाँग नहीं अड़ाते।"

"…और केवल मिनरल वाटर पर जिंदा रहनेवालों में से नहीं हैं।"

वे दोनों इस बात पर सहमत थीं कि नए पड़ोसी अच्छे हैं, और फिर वे रोजमर्रा की घरेलू बातों में उलझ गईं।

बॉलीवुड की खास खबरों के साथ कॉल पूरी हुई, जैसे रोज के अखबारों में आती रहती हैं। इस दौरान दिनेश भी पूरे मन से एक खास मेज साफ करते हुए उसी ओर कान लगाए रहा। जब पूरी कॉल में एक बार भी लता का नाम

नहीं आया तो उसे उस काम को छोड़ने में एक सेकंड नहीं लगा, जिसे वह बड़ी देर से कर रहा था।

शाना रॉय बेचैन थी। उसने पूरा कमरा पलट लिया, पर उसका मोबाइल कहीं नहीं दिख रहा था। वह तेजी से कमरे में चक्कर काट रही थी और डर गले में आकर अटक गया था। उसे याद ही नहीं आ रहा था कि मोबाइल कहाँ गुम हो सकता था। खुद को शांत करने के लिए उसने एक किताब उठाई और उसे खोला तो एक पन्ने पर डबलरोटी का चूरा गिरा दिखाई दिया। तभी उसे खयाल आया कि कहीं उसका फोन सिंह परिवार के घर तो नहीं छूट गया। उसने झट से जूते पहने और जल्दबाजी में उनके फीते बाँधे बिना ही दरवाजे से बाहर निकल गई। वह सिंह परिवार के घर की ओर भागी, जो निचली मंजिल पर था। तभी फीतों में पैर उलझा और उसने अपना संतुलन खो दिया। चश्मा परे जा गिरा। वह सीढ़ियों से लुढ़कते हुए ढेर हो गई। जब सदमे से उबरी तो उसने सिर उठाकर आँखें मलीं और हिलना चाहा। पर टाँग में तेज दर्द की वजह से ऐसा नहीं कर सकी।

मिसेज रंगनेकर स्थानीय मराठी गीतों के सुनते हुए बरतन सुखाकर रख रही थीं। बर्नर पर मसाला चाय उबल रही थी। उन्होंने साड़ी के पल्लू से चाय का बरतन स्टोव से उठाया और गैस बंद कर दी। चाय के प्याले पर निऑन-हरी चाय छाननी रखकर अपने लिए थोड़ी चाय डाली। पहले ही घूँट में उनकी जीभ जल गई। उन्होंने चाय को एक छोटी प्लेट में डालकर ठंडा किया, ताकि उसे पिया जा सके। तरोताजा होकर वे अपने काम पर वापस आ गईं। तभी रेडियो प्रोग्राम के बीच एक घोषणा सुनाई दी। पुलिस एक गैंग की तलाश में थी, जो नकली नोटों के प्रसार में संलग्न था। नागरिकों से अपील की गई थी कि पैसे के लेन-देन में सावधानी रखें और किसी भी प्रकार की सूचना मिलने पर स्पेशल हॉटलाइन नंबर पर संपर्क करें। इसके बाद एक तीखे स्वर में हॉटलाइन नंबर धीमी गति से पढ़ा गया।

मिसेज रंगनेकर का हाथ का काम वहीं थम गया। उनके हाथ से प्लेट

छूटकर गिरी और चकनाचूर हो गई। वे झाड़ू लेने जा ही रही थीं कि अचानक बाहर से जोर से धड़ाम की आवाज सुनाई दी। उन्होंने अपने दरवाजे के भीतर से झाँका तो लिफ्ट के बाहर, सीढ़ियों के पास, शाना रॉय गिरी हुई दिखी।

मिसेज रॉय झाँकते हुए मन-ही-मन विचार कर रही थीं कि उन्हें उस लड़की की मदद के लिए जाना चाहिए या नहीं, तभी सामनेवाले घर का दरवाजा खुला और उसमें से सैम सिंह बाहर आया। शाना को देखते ही वह उसकी ओर लपका और उसे उसका चश्मा उठाकर दिया। उसने उसे कहा कि वह उसी तरह बैठी रहे। फिर वह घर में गया और अपने तीन भाइयों एवं माँ के साथ वापस आया।

वे लोग उसकी टाँग को हिलाए बिना उसे आराम से उठाकर अपने घर में ले गए। मिसेज रंगनेकर दरवाजे के पास से हट गईं और उस छिद्र को पल्लू से साफ किया, जो उनके मुँह की भाप से धुँधला गया था। फिर वे अपने बेडरूम में गईं। कुछ ही मिनटों बाद वे सीढ़ियों से उतरते हुए बिल्डिंग से बाहर निकल गईं। उनकी काँख में चमड़े का बटुआ दबा हुआ था।

□

8

मिसेज मोदी बैठी ठंडे ऑलमंड सूप को ताक रही थीं। उन्होंने चम्मच उठाकर अपने सूप पर सजे हुए बादाम के बारीक कतरे उसमें भर लिये। फिर वे डोलते हाथों से उसे मुँह तक लाईं और चखा। उन्होंने अपने आप से कहा कि सूप तो वाकई कमाल का बना था। उन्होंने सूप का स्वाद लेते हुए अपना चम्मच नीचे रख दिया। पति को गए बीस साल से अधिक होने को आए, पर मिसेज मोदी अब भी अपना खाना, औपचारिक रूप से, डाइनिंग हॉल में ही खाती थीं। उनके लिए बाकायदा दोनों समय खाने की पूरी मेज लगती और अठारहवीं सदी के अंग्रेजों के जमाने के क्रिस्टल चिमनियों वाले चाँदी के शमादान में मोमबत्तियाँ जलाई जातीं। उनका मानना था कि अगर वे वही मापदंड बनाकर रखेंगी तो अकेलेपन और बुढ़ापे की पीड़ा से बचाव हो सकेगा। उन्होंने सावधानी से अपना सूप खत्म किया और फिर घंटी बजाकर अपना लंच लाने को कहा।

पिछली रात की भरपूर शराब और दिन की थकान के बाद पैट्रिक दोपहर आने तक लुढ़कने लगा। कई बार घंटी बजाने के बाद भी उसे सुनाई नहीं दे रहा था

"पैट्रिक ! तुझे सुनाई नहीं देता ? मिसेज मोदी कब से घंटी बजा रही हैं !" कुक ने ताना कसा।

"ठीक है, ठीक है। जा तो रहा हूँ।" वह लड़खड़ाते हुए दरवाजे से बाहर निकला। उसने मिसेज मोदी के पास से सूप का कटोरा उठाते हुए जूठा

चम्मच उनकी गोदी में ही गिरा दिया। "ओह, पैट्रिक! एक दिन के हिसाब से तेरी कामचोरी बहुत नहीं हो गई।" मिसेज मोदी ने गुस्से में अपना नैपकिन लहराकर उसे दूर जाने को कहा।

"लंच देकर कुक को भेज। जब तक ट्रे सही तरह से उठाने लायक न हो जाए, मुझे अपनी शक्ल मत दिखाना।" पैट्रिक को यह सजा बहुत पसंद आती थी। उसने कोने में बैठकर अपने लिए एक प्याली चाय बनाई। जब कुक की पीठ थी तो उसने झट से उसमें अपने फ्लास्क से जरा सी ब्रांडी मिला ली। वह जब भी उस फ्लास्क से कुछ पीता था तो मि. मोदी के नाम पर गुपचुप टोस्ट अवश्य करता। और उसने अब भी ऐसा ही किया—जरा सी चाय जानकर रसोई के काउंटर पर गिरा दी।

मिसेज मोदी ने सलाद के बाद मेन कोर्स लिया और जब मेंटल पर धरी ओरमोलु घड़ी की आवाज सुनाई दी तो वे अपना मीठा खा रही थीं। रिच कैरेमल कस्टर्ड के दौरान ही कुक भीतर से संदेश लेकर आई।

"बुकी सर लाइन पर हैं और मैडम से बात करना चाहते हैं।"

मिसेज मोदी ने कुक से कहा कि बुकी से कह दो, मैडम लंच के बाद बात करेंगी। यहाँ तक कि उनके प्रिय घोड़े भी उन्हें उनकी मेज के अदब-कायदों से दूर नहीं कर सकते थे। मि. मोदी भी इस नियम के पाबंद थे। इन दिनों जैसे मेज पर फोन और टी.वी. के आगे बैठकर डिनर होने लगे हैं, उनके घर में ऐसा करने पर पाबंदी थी। वे आज भी इस नियम को लागू किए हुए थीं, जैसे उन्होंने अपने प्रिय पति की सभी यादें सहेज रखी थीं।

उनकी कहानी बहुत साधारण थी। वे लोग सही वक्त पर मिले। वे उस समय कॉलेज पूरा करके हटी थीं और मि. मोदी ने परिवार का काम सँभाला था। मि. मोदी की आंटी उन्हें पियानो सिखाती थीं और इसी दौरान उन दोनों की भेंट हुई। मि. मोदी का कहना था कि वे उनकी ओर उनके संगीत के कारण नहीं, बल्कि उनके धीरज को देखकर आकर्षित हुए। वे उनके लेसन के दौरान अपनी आंटी के पास आने लगे और फिर मिसेज मोदी का लेसन

पूरा होने की प्रतीक्षा करते। इसके बाद पहले-पहल उन्होंने उसे टैक्सी तक छोड़कर आने का प्रस्ताव रखा। कुछ सप्ताह बाद जान-पहचान पक्की हुई और उनका आत्मविश्वास बढ़ा तो वे उसे अपनी कार में घर छोड़कर आने लगे। जब उन्हें यह पता लगा कि वह लड़की भी उनके लिए मन में वही भाव रखती थी, जैसे वे रखते थे तो उन्होंने अपने परिवारवालों से बातचीत की और विवाह का प्रस्ताव पेश कर दिया गया। जल्दी ही उनकी शादी हो गई और उन्होंने माथेरान में अपनी हनीमून मनाया। उनकी शादीशुदा जिंदगी में सबसे बड़ी कमी यही थी कि उनकी कोई संतान नहीं थी। कई वर्षों तक कोशिश करने के बाद भी कामयाबी नहीं मिली तो उन्होंने अपने भाई की बेटियों में से एक बच्ची गोद ले ली। पहले-पहल सबकुछ बहुत अच्छा लगा। नन्ही बच्ची शीरीन मानो उनकी दुनिया का केंद्र हो गई। हालाँकि अपनी नवजात बच्ची से कुछ ही सप्ताह के वियोग के बाद मि. मोदी की भाभी गहरे अवसाद में चली गईं और पता चला कि वह अपनी बेटी को वापस पाने के लिए तरस रही थीं और फिर सीनियर मोदी दंपती ने बच्ची को वापस कर अपना फर्ज पूरे सम्मान से अदा कर दिया।

जिस बच्चे से वे इतना लगाव रखते थे, उसे वापस करने के बाद उसी घर में एक साथ रहना मुश्किल लगने लगा और वे अपने पारिवारिक घर से अलग हो गए। उन्होंने शहर के बाहरी इलाके में बननेवाली एक आधुनिक इमारत के बारे में सुना, जिसे देखते ही वे उस पर लट्टू हो गए। यह जगह उनकी वर्तमान रिहाइश से भी बहुत दूर थी। उन्होंने तुरंत घर बदल लिया और पैराडाइज टावर्स में आनेवाले पहले बाशिंदे बने। उस खुले इलाके की गिनी-चुनी इमारतों में पैराडाइज गगनचुंबी जान पड़ती थी। वे वहाँ बहुत खुश थे। उन्होंने मिलकर एक बाग तैयार किया, जो आज भी उनके पड़ोसियों के लिए ईर्ष्या का विषय था। वे समंदर के किनारे लंबी सैर के लिए निकल जाते, जो घर से बहुत दूर नहीं था। उन्हें घोड़ों पर पैसा लगाने का शौक हो गया और उनके भीतर विजेता को पहचानने का कौशल था, जो बैंक बैलेंस को कई गुना

करने में काम आया। मिस्टर और मिसेज मोदी ने अपने परिवार के साथ भी बेहतर संबंध बनाए रखे और उनके घर मिलने-जुलने आते-जाते रहे। शीरीन अपने सारे भाई-बहनों में से उनके लिए सदा सबसे खास रही। वह बहुत प्यारी युवती थी और अकसर अपने अंकल-आंटी से मिलने आया करती थी।

मि. मोदी ने ही ध्यान दिया कि उनकी पत्नी ने पियानो बजाना छोड़ दिया था। उन्होंने इसकी वजह नहीं पूछी और न ही अपनी पत्नी को पियानो बजाने के लिए विवश किया, हालाँकि उन्हें शाम के समय संगीत सुनना बेहद पसंद था। एक दिन, जब वे घर आए तो उनके पास पिंजरे में गानेवाली एक चिड़िया थी। उन्होंने उसे बालकनी में रख दिया और उसे गाते हुए सुना करते। जब वह पक्षी मर गया तो वे उसकी जगह पर तोता ले आए, जो कुछ खाने का लालच देने पर ठीक मि. मोदी जैसी आवाज निकालकर दिखाता था।

लंच करने के बाद वे उसी जगह जाकर बैठ जातीं। सूरज थोड़ी देर के लिए बादलों के पीछे जा छिपा था और हलकी हवा के झोंकों से पत्ते झूम रहे थे। मिसेज मोदी पिछले कई वर्षों से उस जगह पर इसी तरह बैठती आ रही थीं। उन्होंने आह भरी और बाहर देखने लगीं। घर के भीतर पैट्रिक एक ट्रे ले आया, जिसमें उनका ड्यूक लेमनेड था। वे आदतन वह ड्रिंक लेने लगी थीं। जब वे छोटी बच्ची थीं तो उन्हें केवल सप्ताहांत में या टेस्ट में अच्छे अंक लाने पर ही लेमनेड पीने को मिलता था। जब वे बड़ी हुईं तो उन्हें लगने लगा कि इसकी वजह से उन्हें खाना हजम करने में आसानी होती है और उनकी देह भी छरहरी बनी रहती है। इस तरह मिसेज मोदी हर रोज लंच के बाद लेमनेड पीतीं और अपने कमरे में सोने चली जातीं। पैट्रिक ने साइड टेबल पर गिलास रखा, जिसमें से बहुत सारी झाग निकल रही थी। पैट्रिक रसोईघर में लौट गया। मिसेज मोदी ने इंतजार किया कि गिलास से निकलनेवाले बुलबुले शांत हो जाएँ। उन्होंने लेमनेड उठाकर कुछ घूँट भरे। फिर उसे रखकर बुक कीपर का नंबर मिलाया। उन्होंने उसका नाम जोर से बोलते हुए अपनी बुक से उसका नंबर तलाशा, ताकि उसे कॉल कर सकें। वे एक घोड़े के रेस के

नतीजे आने का इंतजार कर रही थीं, जिस पर उन्होंने पैसा लगाया था। उनका मन कहता था कि कोई बड़ी जीत हासिल होने वाली थी। फोन की घंटी बजने लगी और वे उसे कान से लगाए, दूसरे हाथ से गिलास उठा अपना ड्रिंक पीने लगीं और उसे खाली कर दिया।

अंततः उसने जवाब दिया, "हैलो, मिसेज मोदी, आज तो आपका लकी दिन निकला।" उसने कहा। उसके स्वर से उत्साह छलक रहा था। कोई जवाब नहीं आया। उसने फिर से कोशिश की, "हैलो, मिसेज मोदी!" इस बार उसकी आवाज पहले से तेज थी। पर मिसेज मोदी एक ओर को लुढ़क गईं। उनका सिर छाती से आ लगा। फोन फर्श पर गिर गया और उधर से बुक कीपर की आवाज लगातार आती रही—'हैलो, हैलो…'

अपने पिंजरे में बैठा तोता अचानक विचलित हो उठा। वह जोर से अपने पंख फड़फड़ाते हुए चीखने लगा। पक्षी के पंख फड़फड़ाने से पिंजरा बुरी तरह हिलने लगा।

नौकर अपना खाना खाने बैठे ही थे, वे यह शोर सुनकर बालकनी की ओर भागे आए। पैट्रिक ने हौले से मिसेज मोदी के कंधे को छुआ, पर वे नहीं उठीं। वे आगे की ओर गिरते हुए अपने पर ही दोहरी हो गईं। उनकी दूरबीन फर्श पर गिर कर टुकड़ों में बिखर गई।

□

9

पूरी बिल्डिंग की सीढ़ियों में सदमे से भरे रोने-चिल्लाने की आवाजें गूँज उठीं, जिसे सुनकर दिनेश की गरदन के पिछले हिस्से के रोंगटे खड़े हो गए। वह लिफ्टमैन के साथ गप्पें मार रहा था। दोनों आदमी झट से सीढ़ियों की ओर भागे और जल्दी ही उस जगह पर पहुँच गए, जहाँ तोते के भी चीखने के स्वर सुनाई दे रहे थे।

उन्होंने झट से दरवाजे की घंटी बजाई और फटी-फटी आँखों वाली स्तब्ध-सी दिखनेवाली कुक ने दरवाजा खोला, जो अभी कुछ ही देर पहले मिसेज मोदी को उनका लंच खिला रही थी। वह उन दोनों को जल्दी से बालकनी की ओर ले गई, जहाँ पैट्रिक मिसेज मोदी की निष्प्राण देह को हिला रहा था। उनके आसपास काँच के टुकड़े बिखरे हुए थे।

उस पिंजरे में तोता लगातार सलाखों से चोंच मारते हुए पंख फड़फड़ा रहा था। उसकी चीखने की आवाज सुनकर लगता था, मानो कोई इनसान चीख रहा हो। वे दोनों आदमी मिसेज मोदी की ओर भागे और पागलों की तरह थरथर काँप रहे पैट्रिक को उस जगह से हटा दिया। मिसेज मोदी का शरीर अभी गरम था और होंठों के कोने से झाग-सा निकल आया था। दिनेश ने अपनी पिछली जेब से सेल फोन निकाला और एंबुलेंस के लिए कॉल कर दी। फिर उसने दूसरे व्यक्ति व कुक की मदद से मिसेज मोदी को उठाया और उन्हें उनके सोने के कमरे में ले गए। उन्हें बिस्तर पर लिटा दिया गया। मिसेज मोदी की चमकदार आँखें उदासीनता से छत को घूर रही थीं।

कुक अपना झाड़ू लेकर आई, पर लिफ्ट वाले ने उसे किसी भी चीज को छूने से मना कर दिया और कहा कि वह पैट्रिक को सँभाले। उसने अपने हाथ से पैट्रिक को छुआ, पर जब कोई जवाब नहीं मिला तो उसे अपने पैर से टहोका दिया। पैट्रिक ने आँसुओं से भीगा हुआ चेहरा उठाया, खुद को झाड़ते हुए तोते की ओर देखा, जिसने चीखना बंद कर दिया था। वह दोबारा आँसुओं में नहा गया और पिंजरे की ओर भागकर उसे बाँहों में भर लिया। यह देखकर पक्षी भौंचक्का रह गया और फिर पहले की तरह चीखने लगा।

कुक स्वभाव और शारीरिक बल दोनों से ही मजबूत औरत थी। उसे पैट्रिक की यह बदहाली समझ नहीं आ रही थी। उसने उसे पिंजरे से अलग किया, क्योंकि पक्षी चिढ़कर उस पर चोंच से वार भी कर सकता था। वह पैट्रिक को कुहनी से खींचते हुए रसोई की ओर ले गई। एक बार बैठने के बाद उसने दो गिलास पानी भरा। एक गिलास उसके चेहरे पर डाल दिया, ताकि वह शांत हो सके और दूसरे गिलास से पानी पिला दिया। पैट्रिक थोड़ा शांत हुआ तो वह उसे रसोई में छोड़कर लिविंग रूम में आ गई, जहाँ दिनेश और लिफ्टमैन खड़े थे। उसने उनसे कहा कि वे रसोई में आ जाएँ। मैडम हों या न हों, घर के नियमों का पालन तो करना ही होगा। स्टाफ का लेन-देन केवल रसोई से था। किसी भी स्टाफ को इजाजत नहीं थी कि वह कमरे में खड़े होकर मिसेज मोदी के एंटीक सामान को ताकता रहे। वे लोग रसोई में आ गए तो वह बेडरूम में जाकर मिसेज मोदी की लाश की निगरानी करने लगी।

उस दिन दूसरी बार मोदी के घर की घंटी बजी तो दरवाजे पर पुलिस मौजूद थी। कुक पहले-पहल अपने सामने खड़े इंस्पेक्टर को देख अपना आपा खो बैठी और फिर विनम्रता से उसे कमरे की ओर ले आई। वह उन्हें सीधा वहीं ले गई, जहाँ मिसेज मोदी की लाश रखी थी, जो अब ठंडी पड़ने लगी थी। वह अपने लिए निर्देशों का इंतजार करने लगी। पुलिस के साथ ही पैरामेडिक्स और उनकी टीम आ गए—सफेद कमीज और निक्करवाले दो व्यक्ति तेल लगे सिर पर गांधी टोपी पहने स्ट्रेचर लेकर आए।

डॉक्टर को स्टेथेस्कोप लगाने की जरूरत नहीं पड़ी। शरीर को छूते ही नब्ज नहीं मिली तो उसने मिसेज मोदी की चौड़ी खुली हुई आँखें हाथ से बंद कर उन्हें सफेद चादर ओढ़ा दी। फिर उन आदमियों ने मिसेज मोदी की लाश को स्ट्रेचर पर रखा और उसे बाहरवाले कमरे में ले आए, जो अचानक कई तरह के लोगों एवं हलचल से भर गया था।

अब पुलिस गहरी खामोशी के बीच बाहर जाकर टूटे हुए काँच के टुकड़ों को प्लास्टिक के सुबूत वाले बैगों में भर रही थी। इंस्पेक्टर ने जेब से रूमाल निकालकर लहराया और साइड टेबल पर रखा गिलास उठा लिया। उसने उसे उठाकर, सूरज की ओर ले जाकर किसी तरह के निशानों की जाँच के लिए देखा और सूँघा। फिर उसने अपने अधीनस्थ को बुलवाकर कहा कि उस गिलास को भी सुबूत के तौर पर रख लिया जाए। आम कपड़ों में दिखनेवाला आदमी मिसेज मोदी के जाने के बाद उस जगह पर मची तबाही की तसवीरें उतार रहा था।

इंस्पेक्टर ने सिर से टोपी उतारी और उसी रूमाल से अपने गंजे सिर का पसीना पोंछा, जिससे थोड़ी देर पहले ही सुबूत जमा किया था। कुक इस बात को पसंद नहीं कर रही थी। यह एहसास होते ही उसने खीसें निपोरते हुए रूमाल को मोड़ा और एक स्कार्फ की तरह अपनी वरदी के कॉलर के आसपास लपेट दिया। फिर उसने खुद को सँभाला और कुक की ओर मुड़कर अधिकारपूर्ण स्वर में मिसेज मोदी के गिरने और फिर दम तोड़ने की घटना के बारे में पूछताछ करने लगा।

मौत के एक और चश्मदीद गवाह के बारे में पता चलने पर उसने कहा कि दूसरे आदमी को भी रसोई से बाहर लाया जाए। डगमगाते व रिरियाते पैट्रिक ने बाहर आकर पुलिसवाले को सलाम ठोंका। पैट्रिक को देखते ही अब तक निढाल पड़े तोते ने फिर से पिंजरे में हड़कंप मचाना शुरू कर दिया। उसने इतना हल्ला काटा कि इंस्पेक्टर को मजबूर होकर हवलदार से कहना पड़ा कि पिंजरे को उतारकर, नीचे पार्क की गई पुलिस वैन में ले जाकर रख

आए। जब तक पुलिस ने पैट्रिक से उस दिन की सारी घटनाओं का ब्योरा लिया, तब तक तीसरी मंजिल पर घटी इस दुर्घटना की खबर सारे पैराडाइज टावर्स में फैल चुकी थी।

जल्दी ही मिसेज मोदी के घर पड़ोसियों का जमघट लग गया। मिसेज अली खान और मिसेज कपूर जैसे लोग स्तब्ध होकर मौन हो गए। मिसेज सिंह जैसे कुछ दूसरे लोग संदेह व अपराध–बोध से घिरे थे। क्या उनकी डिनर पार्टी में भोजन की अति मिसेज मोदी की मौत का कारण बनी? मिसेज रॉय ज्यों ही मंच पर उपस्थित हुईं, उन्होंने हमेशा की तरह अपना काम शुरू कर दिया। घर को लोगों से खाली करवाया, उनके परिवारवालों को कॉल की और उन्हें बहुत ही सम स्वर में यह दुःख भरी खबर सुनाई। फिर उन्होंने सभी महिलाओं को उस जगह से बाहर निकलने का संकेत किया, ताकि स्ट्रेचर को बाहर निकालकर एंबुलेंस तक ले जाया जा सके।

जब मिसेज मोदी की लाश को ले जानेवाले स्ट्रेचर को सीढ़ियों से उतारा गया तो लोग उन्हें विदा देने के लिए अपनी दहलीजों तक आ गए। कुछ की आँखें न बहाए गए आँसुओं से नम थीं। कुछ बिल्कुल अवाक् खड़े अपनी उसी खामोशी के बीच उस सनकी, चिड़चिड़ी, पर फिर भी प्यारी और आदरणीय महिला को देख रहे थे, जो आखिरी बार अपने घर से बाहर जा रही थी।

मिसेज मोदी के शव को ले जानेवाली एंबुलेंस के जाने के बाद वाली शाम बहुत ही दमघोंटू किस्म की रही, जिसमें मिसेज पटेल का रोना भी शामिल था, जो सँभल नहीं पा रही थीं। अधिकतर पुरुष इस मौत का समाचार पाकर अपने ऑफिस से घर जल्दी आ गए और अपने परिवारों के साथ मननशील चुप्पी के बीच बैठे, काम से जुड़ी कॉल लेने या शाम को सुने जानेवाले समाचार सुनने का लोभ संवरण किए हुए थे, जो हर शाम के रुटीन में शामिल था। मिसेज पटेल ने पूरा एक टब आइसक्रीम खाने के बाद अपने परिवार के ज्योतिषी से फोन पर बात की, जिसने उन्हें सलाह दी कि उनकी

सेहत के घर में एक प्रतिकूल ग्रह की चाल ठीक करने के लिए हवन करना होगा। बेशक, ज्योतिषी अपनी ओर से सारी जिम्मेदारी लेने को तैयार था। उसका कहना था कि एक निश्चित धनराशि उसे दे दी जाए तो वह स्वयं ही हवन करवा देगा। इस बात से दिलासा पाकर मिसेज पटेल गहरी नींद सो गईं। इसमें कोई शक नहीं कि वे सपने में भी आनेवाले दिन में बननेवाले स्वादिष्ट व्यंजनों के आनंद में मगन थीं।

मि. सिंह अपनी पत्नी के कंधों की मालिश करते हुए उन्हें सांत्वना दे रहे थे कि वे अपनी पड़ोसिन की असमय मृत्यु की उत्तरदायी नहीं थीं। मिसेज पटेल ने पति की ओर झुककर उनकी टेक लगाते हुए सोचा कि यह उनके नए जीवन का कैसा अपशकुनी आरंभ हुआ था। उनके चारों लड़के अपने माता-पिता के मूड को भाँप कर, किसी भी तरह की बहस या लड़ाई से दूर, मिलकर अपने कमरे में फिल्म देख रहे थे। उन्होंने खाना भी वहीं खा लिया था। केवल सैम सिंह का ध्यान अपने फोन में लगा था। वह उसे बारंबार ऑन करके देख रहा था कि कहीं शाना रॉय ने कोई मेसेज तो नहीं किया। एक उत्तर, जो कम-से-कम आज रात तो नहीं आने वाला था।

मि. रॉय ने चेहरे से चश्मा उतारा और आँखें मलीं। उन्होंने बाईं ओर मुड़कर देखा कि उनकी पत्नी अब भी बिस्तर पर नहीं आई थीं। उन्होंने श्री अरविंद आश्रम के क्रेडिट कार्ड वाले आकार के कैलेंडर को बुक मार्क बनाकर किताब में लगाया और कंधों पर कंबल खींचकर सोने चले गए। मिसेज रॉय अपनी बेटी के कमरे में उसके अड़ियल बालों में कंघी करके चोटी बना रही थीं। उन्होंने चोटी गूँथते हुए कंघी को अपने दाँतों में दबा लिया। शाना इमरजेंसी रूम की परिचर्या और उलझन से भरे पलस्तर के कारण खीझ गई थी, जो उसकी टाँग पर चढ़ाया गया था। चोटी करने के बाद मिसेज रॉय ने बिटिया को पलंग पर लेटने में मदद की, उसका माथा चूमा और साइड वाली लाइट बंद कर बाहर निकल गईं।

दरवाजा बंद होने की आवाज सुनकर शाना पलटी। उसने अपना

मोबाइल फोन उठाया और मेसेज देखने लगी। उसने सैम सिंह का मेसेज फिर से पढ़ा, जिसमें उसके पैर का हाल पूछा गया था और यह भी पूछा गया था कि क्या वह दोपहर एक बजे के करीब उसका हाल पूछने आ सकता था? शाना को कोई जवाब नहीं सूझा। उसने सोचा कि मेसेज का जवाब अगले दिन देखा जाएगा। फिर उसने फोन ऑफ किया और सोने चली गई।

मोदी के घर में कुक और पैट्रिक गहरी खामोशी के बीच बैठे किचन काउंटर पर रखी चाय में बिस्कुट डुबोकर खा रहे थे। कुछ भी खाने का मन नहीं कर रहा था। दोनों ही अपने आनेवाले समय के बारे में सोच रहे थे।

"मैं सोच रहा था कि पुलिस क्यों आई?" पैट्रिक ने कुक से पूछा, "क्या उनको किसी साजिश का शक है? पर मिसेज मोदी तो बूढ़ी महिला थीं और इस तरह किसी बूढ़े की अचानक···" वह अपना वाक्य पूरा नहीं कर सका और फिर साहस बटोरकर पूछा, "वैसे उन्हें बुलाया किसने?"

कुक ने दृढ़ शब्दों में कहा, "मैंने बुलाया था। जिस तरह से वे मरीं, मुझे उनकी मौत स्वाभाविक नहीं लगी। देखकर लगा कि दाल में कुछ काला तो जरूर था।"

पैट्रिक ने अपने मरियल बिस्कुट से खेलना छोड़ा और उसके चेहरे की ओर देखने लगा। फिर उसने झट से घूँट भरकर अपनी चाय निबटाई और कुक को 'गुडनाइट' कहे बिना रसोई से बाहर निकल गया। जब वह फ्लैट के पीछे बने अपने आरामदेह और छोटे से कमरे की ओर जा रहा था तो वह अपनी मालकिन के कमरे के आगे से गुजरा। बिस्तर को अच्छी तरह धोकर ठीक वैसे ही लगा दिया गया था, मानो उसकी मालकिन अभी सोने आ रही हों। वह दरवाजे के पास खड़ा हुआ। उसका हाथ लाइट पर था। वही हमेशा उस कमरे की बत्ती बंद कर दरवाजा बंद किया करता था। उसने अपनी आँख में आ गए भटके हुए-से आँसू को पोंछा और आगे बढ़ गया।

□

10

लैला अली खान अरुण की कार में शीशे के पास टँगे कार चार्म्स से खेल रही थी। वे लोग पैराडाइज टावर्स से कुछ घर की दूरी पर खड़े थे और एक-दूसरे से विदा लेने की प्रक्रिया में थे। आधा घंटा हो चुका था और वे अब भी हाथों में हाथ थामे पूरे दिन की घटनाओं की चर्चा में मगन थे—बस, कुछ भी ऐसा, जो उनके साथ को कुछ और मिनटों के लिए बढ़ा सके। लैला ने हजारवीं बार अपनी बात दोहराई, "और फिर···।" उसकी उँगलियाँ बार-बार अरुण की उँगलियों से खेल रही थीं।

"और क्या, शहजादी लैला? मैंने तो सबकुछ बता दिया···दो बार बता दिया। तुम जानती हो, तुम्हारे साथ के बिना मेरी जिंदगी में कुछ भी दिलचस्प नहीं रहता।" अरुण हँसा और लैला का हाथ अपने होंठों के पास लाकर हौले से चूम लिया। लैला ने अपनी गोद की ओर आँखें झुका लीं और अपना हाथ खींचते हुए उसे सताने लगी। वह कामयाब नहीं हो सकी, क्योंकि अरुण की पकड़ ज्यादा मजबूत थी।

"इस समय इस एक घड़ी में तुम कितनी खूबसूरत लग रही हो!" नजरें मिलते ही उसने संजीदगी से लैला से कहा, "मैंने ऐसा क्या किया था कि मुझे तुम मिलीं?"

"तुमने कुछ नहीं किया था। बस, मुझे बुरा लग रहा था कि मैंने कॉफी गिरा कर तुम्हारे कागज खराब कर दिए थे। इसलिए मैं शर्मिंदगी की वजह से तुम्हारे साथ समय बिताना चाहती थी।" उसने भी बनावटी संजीदगी से जवाब दिया।

"ओह, तो ऐसा है!" अरुण घूमकर उसके ठीक सामने हो गया।

"म्मम-हम्म।" लैला ने गरदन हिलाकर हामी भरी।

"तब तो तुमने बहुत सस्ते में मामला निबटा दिया। मुझे तो उस कागज की वजह से पूरे दस अंक गँवाने पड़े थे।" अरुण बोला।

"क्या कहा? पर तुमने तो मुझे इस बारे में नहीं बताया। पूरे दस नंबर। ओह माई गॉड! अरुण, सॉरी यार, आई एम सो सॉरी।" लैला की आँखें मारे आतंक के फैल गई थीं।

"वो तो तुम्हें होना ही चाहिए। पर तुम इसकी भरपाई कर सकती हो।" इससे पहले कि लैला पीछे हटती, अरुण ने उसके होंठ चूम लिये।

लैला चिल्लाई, "अरुण, हम मेरे घर से जरा सी दूरी पर, सड़क किनारे कार में बैठे हैं। क्या तुम जानते हो कि कितनी नजरें हमारा पीछा कर रही होंगी?"

"नहीं, मुझे परवाह नहीं है। लैला, ऐसा कोई वक्त नहीं होगा, जब कोई नजरें तुम्हारा पीछा न कर रही हों। और मैं इसके लिए उन्हें दोष नहीं दे सकता। जरा अपनी ओर देखो तो सही।" अरुण ने जवाब दिया।

लैला ने हँसी-हँसी में उसकी छाती पर घूँसा दे मारा और आगे देखने लगी।

उसकी मुसकान थम ही नहीं रही थी। उसे सुनाई क्यों नहीं दे रहा कि मेरा दिल कितनी तेजी से धड़क रहा है? ढलते सूरज की किरणें तेजी से चमक रही थीं और वह अपने सुनहरे ख्वाबों से बाहर आ गई।

आखिर में, कार पार्क करने के सारे बहाने पूरे होने और पीछे से रिक्शा वाले के लगातार हॉर्न देने के बाद लैला ने कार की सीट बेल्ट खोलकर अरुण को झटपट एक चुंबन दिया, कार से निकली और सीधा अपनी बिल्डिंग की ओर चल दी। जब वह अपनी गति धीमी कर कंपाउंड की ओर बढ़ी तो दरबान ने उसे देखकर सलाम किया।

वह उस पार्क के पास से निकली, जहाँ बिल्डिंग के बच्चे खेलने के

लिए जमा हुए थे। उनमें से एक ने उसे पुकारा। उसने उन्हें देखकर हाथ हिलाया और आगे बढ़ गई। एक समय था, जब लैला का अधिकतर समय बच्चों के बीच बीतता था। वह फुटबॉल या क्रिकेट के मैच में जिस टीम के साथ रहती, उसे ही जीत हासिल होती। पर जब से अरुण उसके जीवन में आया, उसे उसके सिवा कुछ सूझता ही नहीं था। उससे बात करने या उसके बारे में बात करने के बाद खेलने के लिए कोई उत्साह नहीं बचता था। उसे अब यह सबकुछ बचकाना लगने लगा था। बच्चों की नजर से यह छिपा नहीं था और वे अकसर उसके इनकार के बाद लैला दीदी के 'अजीब बरताव' पर हैरत जताते।

कपूर परिवार का सहायक दिनेश रिक्शे से उतरा, जिसके आगे अभी-अभी अरुण सांघवी की कार आ गई थी। उसने प्यारी लैला को कार से उतरते देखा और वह अच्छी तरह जानता था कि यह कार उनके घर आनेवाले लैला के दोस्तों या उनके किसी परिचित की नहीं थी, जो उसे प्रतिदिन कॉलेज ले जाने आते थे। वह गेट के पास खड़े होकर इंतजार करने लगा और जब कार के भीतर से अरुण के चेहरे की झलक मिली तो उसके चेहरे पर मुसकान खेल गई।

उसने सोचा, 'अच्छा! लैला बेबी इस जगह मगन हैं।' उसने जल्दी ही कहानी के बाकी सिरे स्वयं ही पिरो लिये और सारा किस्सा सामने आ गया। उसने सारी बात को दिमाग में बिठाया और उमंग भरी चाल से भीतर चल दिया। यह तो बेशकीमती खबर थी और दिनेश सही समय पर अपने फायदे के लिए इसका इस्तेमाल करना चाहता था। अचानक बाग की ओर से कीचड़ भरी गेंद उसकी ओर आई और उसने उसे अपने चेहरे के पास आने से पहले ही झपट लिया। दिनेश ने उसे बच्चों की ओर वापस उछाल दिया। फुटबॉल खेल रहे बच्चों के बीच ही उसे लता बैठी दिखाई दी। वह एक जंगली फूल की पत्तियाँ निकाल रही थी।

दिनेश को एहसास हुआ कि लता ने उसे गेंद लपकते देखा है। यह

सोचकर ही उसका दिल कुलाँचे भरने लगा और उसने अनजाने में ही अपने बाल सँवारे और उस जगह से आगे चल दिया, जहाँ गेंद के पीछे भागते बच्चे अपने साथियों को खेल-खेल में चिल्ला-चिल्लाकर निर्देश दे रहे थे।

□

इंस्पेक्टर गोडबोले ने भाप उड़ाती गरम चाय को ठंडा करने के लिए तश्तरी में उलटा और सड़ापे भरते हुए चाय पीने लगा। काफी खटराग से भरा दिन रहा। इतना तो यह था कि यह नया मामला पेचीदा था—वही मिसेज मोदी की हत्या वाला मामला, और उसने पूरा सप्ताह उस जगह रहनेवाले सारे परिवारों के नौकरों से पूछताछ में लगा दिया था, ताकि कोई भनक मिल सके। एक बूढ़ी औरत की मौत का मामला बिल्कुल साधारण हो सकता था; पर मिसेज मोदी के मुँह के कोने से निकला झाग एक गहरी पड़ताल की माँग करता था। अब तक कोई खास तरक्की नहीं हुई थी। उसने काँच के रंगीन पेपर-वेट को घुमाया और कुरसी पर बैठकर दिमाग में लगे जाले साफ करने लगा।

वह लगातार दोहराने लगा, "ऐसा क्या है, जो अटपटा लग रहा है।" वह अपने पिछले बीस वर्षों के कॅरियर के दौरान आधे से ज्यादा मामलों को बड़ी सफलता से निपटा चुका था और इस मामले का सुराग मिलने में होनेवाली देरी से उसे चिढ़ होने लगी थी।

केबिन के दूसरे कोने में मिसेज मोदी के घर से लाए गए तोते का पिंजरा रखा था। उसने टें-टें करना शुरू किया तो इंस्पेक्टर गोडबोले ने अपनी प्लेट से एक बिस्कुट लिया और पिंजरा खोलकर उसे भीतर रखने लगे। तोते ने पंख फड़फड़ाए और उनके हाथ से अपना चुग्गा खाने लगा। जब उसका पेट भर गया तो उसने पंख इस तरह फहराए मानो नाच रहा हो और फिर किसी इनसानी स्वर में बोला, 'बुकी—9-8-2-0-0-4-6-7-7-3।'

इंस्पेक्टर गोडबोले एक पल के लिए भौंचक्के रहे गए। उन्हें अपने कानों पर यकीन नहीं हुआ। फिर वे उठे और डेस्क की ओर चल दिए। तोते ने दोबारा अपनी स्पष्ट आवाज में 'बुकी' शब्द बोलने के बाद कुछ अंक

दोहराए। फिर तोता लगातार दीवानों की तरह उसी वाक्य को दोहराने लगा, 'बुकी—9-8-2-0-0-4-6-7-7-3।'

इंस्पेक्टर ने घंटी बजाकर अपने अधीनस्थ को बुलाया और उसे उन अंकों को लिखने को कहा, जो तोता चीख-चीखकर सुना रहा था। हवलदार ने वैसा ही किया और नोट पैड पर लिखे नंबर का पन्ना फाड़कर इंस्पेक्टर के हाथ में दे दिया, जो अब तक फर्श पर ही आलथी-पालथी मारकर बैठ चुका था। तोते के ऐसे बरताव ने उसे हैरत में डाल दिया था। बोलनेवाला तोता!! इंस्पेक्टर ने उन अंकों को एक बार देखा और तोते के पिंजरे पर कपड़ा डाल दिया। तोता शांत हुआ और उसने अंकों को देखने के बाद अपनी भिंची मुट्ठी मेज पर दे मारी।

"ये तो हद हो गई, हवलदार। अब ये तोता मुझे मामले का सुराग देगा! मेरे बीस सालों की सर्विस के दौरान आज तक ऐसा नहीं हुआ।" इतना कहते ही उसने फोन पर नंबर घुमा दिए और कुछ देर तक घंटी जाने के बाद उस नंबर के मालिक ने फोन उठा लिया।

"मैं जुहू पुलिस थाने से इंस्पेक्टर गोडबोले बोल रहा हूँ। क्या आप मिसेज मोदी को जानते हैं?" फोन के दूसरी ओर वाले व्यक्ति ने हामी भरी और गोडबोले ने कुरसी पर पीठ टिकाते हुए हवलदार को कमरे से बाहर जाने का संकेत किया। उसके होंठों पर संतुष्टि से भरी मुसकान खेल गई।

□

11

अपनी पड़ोसन की मौत के एक सप्ताह बाद पैराडाइज टावर्स की सभी महिलाओं ने मिसेज अली खान के घर चौकड़ी लगाई और लंच के दौरान एक मेमोरियल आयोजित करने की योजना बनने लगी। जब वे मेज के आसपास बैठीं, प्लेटें और व्यंजन लेते हुए, जार में से अचार निकालते हुए, प्लेटों में रखे चावलों के ढेर पर पापड़ चूरकर डाल रही थीं तो उनके बीच किस्सागोई होने लगी। इस बार 'सासू माँ का आतंक' उनके किस्सों का विषय था।

मिसेज कपूर की आँखें धुँधला गईं, "तुम लोग सासों के बारे में क्या जानती हो ? मैं तो शर्त लगा सकती हूँ कि मेरी सास से बुरी सास तो कोई हो ही नहीं सकती। मुझे आठ महीने की गर्भावस्था के साथ करवा चौथ का व्रत रखवा दिया। मेरा पहला बच्चा होने वाला था।"

मिसेज रॉय ने मुँह बनाया, "ये उत्तर भारत के पिछड़े हुए रिवाज।" उनकी सास इतनी नेक थीं कि अपने बेटे के विवाह से पहले ही चल बसीं।

मिसेज कपूर आगे बोलीं, "सारा दिन, पानी की एक बूँद तक नहीं। जब तक हम रात को चंद्रमा देखने छत पर गए, मैं इतनी कमजोर हो गई थी," यहाँ एक पल को थमकर मिसेज कपूर ने नाटकीय प्रभाव दिया और फिर बोलीं, "मैं तो बेहोश ही हो गई।" मेज के आसपास मुँह तक जाने वाले सभी हाथ थम गए और सबने एक साथ आह भरी। "मैं सीधा अपनी सास पर गिरी, जिन्होंने मुझे कचरे के ढेर की तरह फेंक दिया।" मिसेज कपूर बिसूरती

रहीं और मिसेज अली खान को अपनी खिलखिलाहट रोकने के लिए जीभ काटनी पड़ी। कपूर मिसेज कपूर ने एक सुबकी के साथ बात खत्म की, "मैं पूरे दस मिनट तक वहीं पड़ी रही। फिर मुझे उठाने के लिए कई सारे लोग बुलवाए गए।"

इस घटना के एक माह बाद उनके बच्चे का असमय जन्म इस जबरदस्ती रखवाए गए व्रत से जुड़ा हुआ था। वे तब से अपनी सास के लिए मन में वैर पाले हुए थीं। औरतों ने बेचारगी में जीभें चटकाते हुए गरदनें मटकाईं।

मिसेज सिंह बोलीं, "मैं तो अपनी बहुओं से ऐसे कभी नहीं करवाने वाली। कितने पुराने फैशन की बेतुकी सी बात है!"

"मिसेज सिंह, अगर आपने ऐसा किया तो चार भूखी लड़कियाँ आपके सामने होंगी।" मिसेज कपूर ने चुटकी ली, "इतनी सारी भूखी लड़कियों को एक साथ रखना आपके लिए कम डरावना नहीं होगा।" मिसेज सिंह ने भी हामी भरी और सारी महिलाओं के बीच हँसी की लहर दौड़ गई।

मिसेज रॉय ने गर्व से घोषणा की, "शुक्र है, मुझे ऐसी कोई परेशानी नहीं होगी।" फिर उन्होंने किताब में मुँह छिपाए बैठी अपनी बेटी को देखा। शुक्रिया अदा करने के बाद वे हाथ धोने के लिए मेज से उठ गईं। जब वे लौटीं तो हाथों में क्रोशिया था। ज्यों ही उन्होंने ऊन का गोला निकालकर काम शुरू किया तो पड़ोसिनों के बीच मीठा खाने के लिए प्लेटें बाँटी जाने लगीं। लता रसगुल्ले और जलेबी लेकर भीतर आई, जिसकी पतली बाजुओं को देखकर लग रहा था कि वे उस भार तले दम तोड़ देंगी। सभी महिलाएँ मीठे पर हमला करने को तैयार हो चुकी थीं। मिसेज रॉय से पूछा गया तो उन्होंने उन रसगुल्लों को देखते ही अनिच्छा से नाक सिकोड़ी। प्लेट लेने की बारी आई तो हाथ लहराकर संकेत किया—कोई भी समझदार इनसान उन उदासी से भरे, कारखानों में बनी रबड़ जैसी गोल गेंदों को खाकर बंगाल की सबसे स्वादिष्ट मिठाई का खिताब नहीं देना चाहेगा। वे अपना क्रोशिया लेकर मेज से पीछे हट गईं।

शाना रॉय, अली खान के फ्लैट में खिड़की के पास किताब लिये बैठी थी। चोट की वजह से स्कूल की पिकनिक में नहीं जा सकी और उसे मजबूर होकर, घर में रहकर मम्मी और पड़ोसिनों के साथ दोपहर बितानी पड़ रही थी। वह बार-बार उनकी गप्पों को सुनते और उपेक्षित करते हुए पढ़ने में मन लगाना चाह रही थी। वह काउच पर और तिरछी होकर लेट गई। उसने मन-ही-मन हाथ जोड़े कि लंच का तमाशा जल्दी निबटे और वे घर लौटें। उसके फोन स्क्रीन का बार-बार फ्लैश होना भी ध्यान बँटा रहा था। शाना इतनी स्मार्ट तो थी कि उसने मेसेज आने का साउंड बंद कर रखा था, ताकि मम्मी यह न पूछें कि बार-बार किसके मेसेज आ रहे थे। जब से वह गिरी थी, सैम सिंह की ओर से मेसेजों की बाढ़ आ गई थी। शाना की तरह सैम भी आज स्कूल नहीं गया था। टीम के एक लड़के से झड़प हुई। सैम को अपनी ताकत का इतना अंदाजा नहीं था। उसने ज्यों ही दूसरे लड़के को धकेला, वह कोहनी के बल गिरा और उसकी बाँह में दो जगह से हड्डी में दरार आ गई। मिसेज सिंह को स्कूल में बुलवाकर बताया गया कि उनके बेटे को एक सप्ताह के लिए स्कूल से निकाला जा रहा है। मिसेज सिंह ने बेटे को अच्छी तरह लताड़ा; पर उन्हें यह नहीं पता था कि घर में भी उनका बेटा कम उपद्रवी नहीं था। वह धीरे-धीरे फ्रिज खाली कर रहा था और मुँह फुलाए, यहाँ-वहाँ घूमते हुए मम्मी के एकांत में बाधा दे रहा था। उसी सुबह न्यू जर्सी से मिसेज सिंह की एक दोस्त का फोन आया—एक सहेली की बेटी गर्भवती हो गई थी। बच्चे का पिता एक गोरा और उनकी हाई स्कूल बास्केट बॉल टीम का कैप्टन था। मिसेज सिंह इन बातों के लिए ठीक तरह से कोई प्रतिक्रिया नहीं दे सकीं।

सैम सिंह कभी नहीं चाहता था कि उसे अपनी मम्मी के साथ उस लंच पार्टी में जाना पड़े, जबकि अब वह वहीं जाने के लिए तरस रहा था। शाना ने उसे सुबह एक मेसेज में बताया कि वह लंच में शामिल होने जा रही है। सैम को घर की चहारदीवारी में ही रहने का हुक्म मिला, जबकि वह सारी दोपहर शाना रॉय की मीठी आवाज सुनते हुए और उसकी बड़ी-बड़ी भूरे रंग की

आँखों में झाँकते हुए बिता सकता था। वह उसे कई दिन से मेसेज करता आ रहा था। आज उसकी कुंठा का अंत नहीं था, क्योंकि शाना उसके मेसेज का जवाब ही नहीं दे रही थी।

सैम : हे, क्या चल रहा है ?

शाना : कुछ खास नहीं।

सैम : हम्म, पैर का क्या हाल है ?

शाना : वही हाल है, जो कल था।

सैम : हा–हा, यार, पकाओ मत। समझने की कोशिश करो। कोई तुमसे बात करना चाह रहा है।

शाना : सॉरी, पढ़ रही हूँ।

सैम : आज शाम नीचे उतरने का मूड है ?

सैम : हम लोग एक साथ घूम सकते हैं। मैं फुटबॉल खेलने की बात नहीं कर रहा।

सैम : तुम मुझे अपनी किताब के बारे में बता सकती हो।

सैम : ????????

सैम : हाँ ?

सैम : नहीं ?

सैम : शायद ?

सैम : शाना ? हैलो ?

शाना : बहुत सारी आंटियों ने बहुत सारे सवालों में घेरा हुआ है। चलो, बाय।

सैम : डैम! ओ के। मुझे पता था कि आज की किटी हमें बात तक नहीं करने देगी।

लंच पार्टी में महिलाओं ने मीठा खत्म किया और बहुत सारी बीमारियों की बहानेबाजी के बाद सभी उठकर हॉल में आ गईं, ताकि मेमोरियल के बारे में बातचीत हो सके। लंच इसीलिए तो रखा गया था, ताकि तैयारियों के

बारे में बात हो सके। मिसेज पटेल ने अपने बैग से स्पाइरल की हुई नोटबुक निकाली, जिसके एक कोने में पेंसिल घुसाई हुई थी। फिर उन्होंने वह सबकुछ बड़ी मेहनत से नोट किया, जो उन्होंने लंच के दौरान खाया था। रसगुल्ले को उन्होंने चार कैलोरी के साथ जोड़ा।

ज्यों ही घड़ी ने 3 बजाए, महिलाओं में बेचैनी की लहर दौड़ गई। जल्दी ही उनके बच्चे स्कूल से घर आने वाले हैं और उनके बाद पति आते होंगे। उन्हें स्कूल बैग खाली करने हैं, लंच बॉक्स देखने हैं, फिर होमवर्क करवाना है। वे सोच रही थीं कि मिसेज रंगनेकर को क्या हो गया कि वे लंच में नहीं पहुँचीं। उनका पिछले दो घंटे से इंतजार चल रहा था। हारकर मिसेज कपूर ने सुझाव दिया कि लता को उनके घर भेजकर पता करवा लें कि उन्हें आने में देरी क्यों हो रही है? यह सुनते ही शाना अपनी बैसाखियों के सहारे झट से उठ खड़ी हुई। उसने कहा कि वह पता करके आएगी। फिर उसने मम्मी से आग्रह किया कि उसे जाने दिया जाए। इस तरह की कसरत से पैर को जल्दी आराम आएगा। इससे पहले कि मिसेज रॉय कुछ कहतीं, शाना झट से दरवाजे से बाहर निकल गई।

मिसेज अली खान के घर से निकलते ही शाना उस स्थिर ऊर्जा के घेरे से निकल आई और उसने एक मंजिल नीचे, सीढ़ियाँ उतरकर, रंगनेकर के घर जाना चाहा। तभी टाँग में तीखा दर्द उठा और उसे मजबूरी में लिफ्ट बुलवानी पड़ी। लिफ्ट दो मंजिल ऊपर से अपनी बूढ़ी हड्डियाँ खटखटाते हुए नीचे उतरी। शाना ने पहले बैसाखियों को अंदर रखा और फिर भीतर घुसी। उसने लिफ्टमैन को मुसकरा कर देखा। हालाँकि वह इस इमारत में नया था, पर उसे यहाँ के बाशिंदों की पूरी जानकारी हो चली थी। अपनी मीठी आवाज और घुँघराले बालों की लटों के साथ शाना रॉय उसे बहुत पसंद थी। ज्यों ही लिफ्ट पहली मंजिल पर रुकी, उसने शाना की बाहर आने में मदद की और अपने पैर का खयाल रखने को भी कहा। इसके बाद वह पैराडाइज टावर्स के गर्त में कहीं विलीन हो गया।

सैम सिंह दरवाजे की ओर बढ़ा तो शाना को देखते ही लगा, मानो उसकी सारी दुआएँ कुबूल हो गई हों। दिल बल्लियों उछलने लगा और चेहरे पर लाली छा गई। शाना उसकी ओर मुड़ी और लजीला-सा 'हैलो' कहा। सैम को वे सब काम भूल गए, जो मम्मी ने फोन पर बताए थे।

"हे शाना, तुम यहाँ कैसे?" हालाँकि उसे यह उम्मीद कम ही थी कि वह उससे मिलने आई होगी।

शाना ने उसे बता दिया कि वह किस काम से आई थी। पर इसके बावजूद सैम के उत्साह में कमी नहीं आई। उसने तय किया कि वह गलियारे के दूसरे छोर तक उसके साथ चलेगा। वहाँ जाकर शाना ने रंगनेकर के घर की घंटी बजा दी। वह दूसरे तल पर जानेवाली सीढ़ियों पर बैठकर शाना को ताकने लगा, जो रंगनेकर की घंटी बजाकर किसी के बाहर आने के इंतजार में थी। दो बार घंटी बजाने पर भी काई जवाब नहीं आया। दरवाजा किसी ढीठ की तरह बंद रहा। शाना ने भौंचक्की होकर अपने साथी की ओर देखा; पर वह ज्यों ही उसकी ओर देखती, वह मुसकराने लगता। सैम की मुसकान वाकई जानलेवा थी। सैम एक हैंडसम जवान छोकरा था, इस बात का शाना पर कोई असर नहीं पड़ा; क्योंकि इस समय दिमाग दूसरी ओर लगा हुआ था।

वह मुड़ने ही वाली थी कि आवाज के साथ दरवाजा खुला और अंदर से मध्यम सी रोशनी के बीच मिसेज रंगनेकर दिखाई दीं। शाना रॉय ने उस महिला को अपनी नाक के आगे टिश्यू रखे हुए देखा, जो खून से लाल हो गया था। यह देखते ही शाना की मुसकान गायब हो गई। मिसेज रंगनेकर की बाईं आँख के पास गहरा निशान था, जिसे देखकर लगता था मानो अभी किसी ने चोट की हो। शाना एक कदम पीछे हटी और अचानक सैम के पैर पर उसका पैर पड़ने से लड़खड़ा गई। सैम ने उसे बाजू से पकड़कर गिरने से बचाया। अगर शाना उस महिला को इस हालत में देखने के सदमे से उबर गई होती तो उसे भी सैम के स्पर्श का पता चलता और हजारों बिजली के झटके महसूस हुए होते। पर शाना की नजरें तो वहीं गड़ी थीं। जब मिसेज रंगनेकर

ने उसे टूटी हुई अंग्रेजी में बताया कि वे किस तरह सुबह नहाते हुए बाथरूम में गिरकर चोट खा बैठीं और मीटिंग में नहीं आ सकेंगी तो उस दौरान शाना ने मुँह तक नहीं उठाया। इसके बाद उन्होंने झट से दरवाजा बंद कर दिया।

ज्यों ही उन्होंने दरवाजा बंद किया, मिसेज रंगनेकर पति की ओर मुड़ीं, जो साए में छिपे उनकी और उस लड़की की बातचीत सुन रहे थे। उन्होंने झटके से अपनी बाजू छुड़वाई और सोने के कमरे की ओर चली गईं। वह सुन सकते थे कि मिसेज रंगनेकर ने भीतर से दरवाजा बंद कर लिया था। उन्होंने रसोई में जाकर फ्रिज से पानी की बोतल निकाली। उससे पानी पीने के बाद मुँह पर पानी के छींटे मारने लगे।

बाहर, वहीं पहली मंजिल पर, शाना सैम के साथ बैठी और मुरझाए हुए चेहरे के साथ उसे देखकर बोली, "क्या तुमने उनका चेहरा देखा?"

सैम तो शाना से अपनी नजरें नहीं हटा पा रहा था। उसने इनकार में सिर हिला दिया।

शाना बोली, "सैम, उनका खून निकल रहा था और चेहरे पर नील उभरा हुआ था।"

सैम जानता था कि उसे यह सुनकर सचेत होना चाहिए था; पर वह उस समय दुनिया की सबसे सुंदर लड़की के साथ बैठा था और उसका हाथ थामकर उसकी भीनी व मीठी गंध में खोया हुआ था। वह शाना रॉय के अलावा कुछ और नहीं सोच सका।

"मैं नहीं मानती कि उन्हें बाथरूम में गिरने से चोट लगी होगी। मैंने उनकी गरदन के आसपास उँगलियों के निशान देखे हैं। मुझे लगता है...उनके पति उन्हें मार रहे थे!" शाना बोली।

सैम ने उसके हाथ पर अपनी उँगलियाँ मलते हुए उसे दिलासा दी, "शाना, अगर तुम कहो तो हम अगले कुछ दिनों तक उन पर नजर रखेंगे और अगर कुछ अजीब लगा तो अपने घर के लोगों को उसके बारे में बता देंगे।"

शाना ने हामी भरते हुए पलकें झपकाईं। अचानक उसे याद आया कि

वे दोनों सार्वजनिक स्थान पर कितने पास–पास बैठे थे। उसने हौले से अपना हाथ छुड़वाया। उसका चेहरा गुलाबी सुर्ख हो उठा। सैम की ओर देखने की ताब नहीं थी, इसलिए वह उठकर लिफ्ट की ओर बढ़ी। उसने देखा कि लिफ्टमैन लौटकर उसका ही इंतजार कर रहा था। वह उसे देखकर कनखियों से मुसकराते हुए भीतर चली गई।

□

12

मिसेज मोदी की अचानक हुई मौत के तीन सप्ताह बाद पैराडाइज टावर्स के बाशिंदों ने उनकी याद में एक मेमोरियल का आयोजन किया। आपस में काफी खींचतान चली और इस बात पर बाकायदा जंग छिड़ गई कि भोजन से मक्खियाँ हटाने के लिए फर्राटा पंखे की जरूरत थी या नहीं। इसी बहस ने मिसेज कपूर और मिसेज पटेल के बीच गहरी खाई डाल दी और बाकी सारी महिलाओं के भी दो दलों में बँटने का खतरा पैदा हो गया।

पूरी योजना और विमर्श के बाद इमारत के लॉन में ही उसकी सारी तैयारी की गई। एक कोने में मंच बनाया गया था, जिसके लिए उस बिल्डिंग के लोगों को सारी रात उठा-पटक का शोर सहन करना पड़ा। उनमें से कइयों की नींद हराम हुई और उन्हें शांति से क्रिकेट मैच देखने का मौका छोड़ना पड़ा। वे अपनी पत्नियों के साथ मुँह फुलाए बैठे खाली-खाली नजरों से बड़ी सी फोटो को ताक रहे थे, जो उस पड़ोसन की थी, जो अब नहीं रही। नियोजन कमेटी ने परियोजना में जितने समय का निवेश किया था, उस हिसाब से चुनी गई तसवीर को देखकर हैरानी होती थी। गुलाबी और सफेद फूलों की माला से सजी तसवीर पासपोर्ट फोटो जैसी लग रही थी। तसवीर इतनी पुरानी थी और उसके पिक्सल इतने बढ़ा दिए गए थे कि मिसेज मोदी का चेहरा तब तक पहचान में नहीं आता था, जब तक देखनेवाला उसे लॉन के दूसरे हिस्से से न देखे।

मिसेज मोदी की तसवीर के नीचे ही उनके कुक ने वह दूरबीन भी रख

दी थी, जो उनका दूसरा नाम ही बन चुकी थी। दूरबीन अब भी टूटी हुई थी। उनकी छानबीन के उस उपकरण के आसपास गुलाब की पत्तियाँ और उनके वफादार स्टाफ के दुःख से भरे अश्रुओं की लड़ियाँ थीं। मंच के एक ओर पियानो रखा था, जिस पर मि. सिंह का संगीत-प्रेमी बेटा मिसेज मोदी की मनपसंद पियानो धुनें बजा रहा था। जब उसकी उँगलियाँ 'द फिडलर ऑन द रूफ', से 'सनराइज, सनसेट' की हार्दिक धुन निकाल रही थीं तो मिसेज सिंह की छाती दुगुनी हो उठी। वहीं दूसरी ओर, मि. सिंह अपनी नाराजगी को छिपा नहीं पा रहे थे। उनके लड़कों में से एक कैच और फुटबॉल मैच के साप्ताहिक अभ्यासों के बाद स्वयं को सार्वजनिक तौर पर ऐसे काम के लिए प्रस्तुत कर रहा था। हालाँकि साथ बैठी पत्नी से कुछ छिपा नहीं था, इसलिए वे मन मसोसकर हाथ मलने और यह सारा तमाशा खत्म होने के इंतजार में थे।

बिल्डिंग के बच्चों ने पिछली कतार में रखी कुरसियों पर चौकड़ी जमा ली और एक-दूसरे पर प्लास्टिक की बोतलों से मारा-मारी करने लगे, जिन्हें वे मिसेज पटेल की नाश्तेवाली मेज से तिड़ी कर लाए थे, जो खाने-पीने के सामान से मक्खियाँ उड़ाने में व्यस्त थीं। उन्होंने सोचा कि काश, उस जगह इस काम के लिए एक पंखा होता तो वे भी आराम से अपने पति के साथ बैठी संगीत का आनंद लेतीं। उन्होंने उस कार्यक्रम की कोषाध्यक्ष मिसेज कपूर को जलती निगाहों से घूरा, जो मेमोरियल में आग की लपटों के आसपास कहीं भी पंखा लगाने के सख्त खिलाफ थीं। मिसेज कपूर अपनी सहेली मिसेज अली खान के साथ बैठी थीं और पसीने से बुरी तरह से नहा चुकी थीं। यह देखकर मिसेज पटेल के चेहरे पर मुसकान खेल गई।

आधे घंटे की मेमोरियल सर्विस के बाद अचानक पैट्रिक बैठे हुए लोगों के बीच लड़खड़ाते हुए प्रकट हुआ। उससे शराब की बहुत बुरी गंध आ रही थी। नशे में पूरी तरह से धुत्त था। यह देखकर किशोरों के बीच मौज-मस्ती की हिलोर उठी और वे उसकी चाल को गौर से देखने लगे, ताकि आनेवाले समय में उसकी नकल कर मनोरंजन किया जा सके। जब पैट्रिक अपनी ही

रौ में मगन एक कुरसी को खाली समझकर उस कुरसी पर बैठ गया, जिस पर मिसेज रॉय बैठी थीं तो चारों ओर ठहाके गूँज उठे। मिसेज रॉय की गोद में बैठे पैट्रिक और अपनी तुड़ी-मुड़ी साड़ी की सलवटें सँवारती मिसेज रॉय का दृश्य देखने के बाद बड़े लोगों के लिए भी अपनी मुसकान को वश में करना मुश्किल हो गया।

कुक ने अपनी नम आँखें पोंछीं और पैट्रिक को बाजू से पकड़कर खींचते हुए मिसेज रॉय की जलती हुई आँखों से दूर ले गईं। उसने उसे आगे ले जाकर एक कुरसी पर बिठाया और तब तक अपनी बाजू से सहारा दिए रखा, जब तक वह सँभलने लायक नहीं हो गया। वह बगीचे में लगे ताड़ के पेड़ों की तरह इधर से उधर झूल रहा था। यह वही पेड़ थे, जो मिसेज मोदी के हाथों इस जगह लगवाए गए थे।

पियानो की धुन के समाप्त होने का संकेत मिला और लोग अपनी घड़ियाँ देखने लगे। केवल मिसेज रॉय ही अपनी साड़ी सँभालने में मगन थीं। तभी अचानक एक तेज चीखने जैसा स्वर सुनाई दिया और अपनी चिबुक को गरदन से सटाए झपकी ले रहे मि. सिंह झटके से उठ बैठे। उन्होंने देखा कि उनका बेटा पियानो छोड़कर खड़ा हो गया था और पूरे जोश से 'द विंड बेनेथ माई विंग्स' गा रहा था। यह देखकर उनकी आँखें बाहर को उबल पड़ीं और एकाएक खाँसी का दौरा पड़ गया, जिससे और ज्यादा लोग उनकी ओर देखने लगे। मिसेज सिंह ने पीछे जाकर सैम से कहा कि वह पानी की बोतल लेकर आए। फिर उन्होंने झट से पानी की बोतल पति के आगे रख दी, जिनका चेहरा लाल पड़ गया था।

ज्यों ही खाँसी रुकी, उसका स्थान तेज रोने और सुबकियाँ भरने के स्वर ने ले लिया। सभी देखने लगे कि वह आवाज किधर से आ रही थी। मिसेज सिंह के प्रतिभाशाली बेटे के सिवा बाकी सबका ध्यान आवाज की ओर चला गया। वह अपने गाने में मगन रहा। शीघ्र ही सबने तेज सुबकियों के स्वर के स्रोत को जान लिया। पैट्रिक का रोना नहीं थम रहा था। मिसेज

रॉय ने गुस्से से सिर हिलाते हुए बँगला में मि. रॉय से कुछ कहा और उनके हाव-भाव को देखकर लगा कि वे कम-से-कम तारीफ तो नहीं कर रही थीं। इसके बाद पिछली पंक्ति से हँसी का फव्वारा छूटा, जिससे मिसेज कपूर को मुड़कर बच्चों को आँखों-ही-आँखों में धमकाना पड़ा। मिसेज पटेल ने भी अपने बिजली से चलनेवाले मक्खीमार-से एक बच्चे का सिर ठोंक दिया और इसके बाद उसमें से ऐसी चिनगारियाँ निकलने लगीं कि मिसेज पटेल का दिमाग घूम गया।

'यू आर द विंड बेनेथ माई विंग्स' के अंत का पुलिस सायरन के साथ बड़ा अच्छा तालमेल बैठा और एक पल के लिए शोक मनानेवाले दोनों के बीच का अंतर तक नहीं जान सके। जब कारों का काफिला बिल्डिंग के अंदर आया और खाकी वरदीवाले गाड़ियों से उतरने लगे तो उन सबको लगा कि कुछ-न-कुछ तो गड़बड़ जरूर थी। हालाँकि मिसेज मोदी के दोनों नौकर अब भी भावनाओं के ज्वार में गोते खा रहे थे।

उस शाम के चमकते सितारे को मंच से नीचे उतारा गया और उसके मायूस चेहरे पर केवल मम्मी की नजर पड़ी। उन्होंने अपने बेटे को गले से लगाकर पुचकारा और चुंबनों से लाद दिया। इसके ठीक बाद पिता को धमकाने का मौका मिला, "बहुत हो गया, अपने भाइयों के पास जाकर बैठो।"

वह अपने भाइयों की ओर मुड़ा तो वे नकली तालियाँ बजाने का अभिनय करते हुए तरह-तरह के मुँह बनाकर उसे चिढ़ाने लगे। संगीतकार ने उनके पेट में घूँसे दे मारे और यह देखकर उसके पापा को तसल्ली हुई कि उनके पियानो-वादक बेटे में अब भी मर्दानगी बाकी है।

इस दौरान पुलिस की टुकड़ी सादे कपड़ों में एक इंस्पेक्टर के साथ आगे आ गई। वे लोग मिसेज मोदी की कुक और पैट्रिक के पास आकर रुके। अधीनस्थ के हाथों मिले एक राइटिंग पैड के पन्ने पलटते हुए इंस्पेक्टर ने अपनी स्टिक से पैट्रिक का कंधा थपथपाया, 'पैट्रिक गोम्स?'

पैट्रिक अब भी शराब एवं भावनाओं के नशे में चूर था और उसने

बड़बड़ाते हुए उत्तर दिया। इंस्पेक्टर ने झुककर उसे सूँघा और अपने अधीनस्थ से कहा, "यह तो नशे में चूर है।"

अधीनस्थ को समझ नहीं आया कि क्या उस आदमी को बंदी बनाने की यही वजह हो सकती थी। उसने इसी उलझन के बीच अपना सिर हिला दिया।

मिसेज मोदी की कुक ने मोर्चा सँभाला और इंस्पेक्टर से पूछा कि वे मिसेज मोदी की शोक सभा के निजी समारोह में क्या करने आए थे?

"मैडम, हम पुलिस की ड्यूटी कर रहे हैं।"

"क्या यह आदमी पैट्रिक गोम्स है?"

कुक थोड़ी चिंतित दिखी और अपनी गरदन हिला दी। इंस्पेक्टर पैट्रिक की ओर मुड़ा और उसके हाथों में हथकड़ी पहनाते हुए बोला, "मि. पैट्रिक गोम्स! हम तुम्हें मिसेज मोदी की हत्या के जुर्म में गिरफ्तार करते हैं।" यह कहते ही उन्होंने मुजरिम को बंदी बना लिया और सभी दर्शकों के मुख से समवेत आह निकल पड़ी।

□

13

उस दुर्भाग्यपूर्ण मेमोरियल के कई दिनों बाद एक सुहावनी शाम को लता और दिनेश लॉन की चहारदीवारी में एक घने बोगनवेलिया की छाया में बैठे थे। वे दोनों चुपचाप बैठे थे और ज्यों ही एक-दूसरे को कनखियों से ताकते पकड़ते तो लजाकर मुसकराने लगते। उनके बीच इतनी जगह थी कि तीसरा आदमी आराम से बैठ सकता था। पर आज उस जगह केवल वे दोनों थे। यह दिनेश के धीरज और लता का उसके लिए बढ़ते हुए लगाव का साक्षी था। अचानक हवा के झोंके से बोगनवेलिया के कुछ फूल आ झरे और लता ने उन्हें अपने हाथों में भर लिया। दिनेश को अपनी कम-अक्ली पर गुस्सा आया कि उसे यह क्यों नहीं सूझा। वह उसके लिए फूल उठा सकता था। उसने बालों में हाथ फेरा और लता ने अचेत में ही उसकी नकल करते हुए बालों के पीछे अपनी एक लट खोंस ली। दिनेश ने गला खँखारकर साहस बटोरते हुए कहा—

"मिसेज मोदी के लिए मन उदास होता है?"

लता को चैन आया कि बात शुरू करने का काम उसे नहीं करना पड़ा। उसने तय कर लिया था कि वह बात करने का मौका नहीं छोड़ेगी। उसने एक लजीली सी 'हाँ' के बाद एक वाक्य कहा, जो पत्तियों की सरसराहट में कहीं खो-सा गया।

"किसने सोचा था...पैट्रिक..." दिनेश ने बात जारी रखी।

"क्या तुम्हें सारी कहानी पता है?" लता ने दिनेश की ओर अपना चेहरा

घुमाया और उसकी आँखों में आँखें डालकर बोली।

"हाँ, क्यों नहीं? तुम नहीं जानतीं?" उसने शक्की लहजे में पूछा। इस बारे में पैराडाइज टावर्स का बच्चा-बच्चा तक बात कर सकता था।

"नहीं, कुछ खास नहीं। जब मेमसाहब बात करती हैं तो मैं उनकी बातें नहीं सुनती। वैसे भी, घर में कई सारे बच्चों का ध्यान रखना होता है।"

"क्या लैला बेबी मदद करती हैं?"

"जब उन्हें समय मिलता है तो करती हैं; पर अब कॉलेज और···" लता हिचकी और फिर बात का रुख मिसेज मोदी की मौत वाली घटना की ओर ले आई। "क्या तुम मुझे मिसेज मोदी की मौत के बारे में बता सकते हो? क्या हमें इसके बारे में बात करने की इजाजत है?"

दिनेश का दिल पिघल गया। लता तेज जुबान वाली जरूरत से ज्यादा तेज-तर्रार लड़कियों में से नहीं थी। वह शरमीली व दयालु थी और अपने में ही मगन रहती थी। वह कोई मूर्ख नहीं था। उस इमारत की आँख और कान होने के नाते उसे अच्छी तरह पता रहता था कि कौन क्या कर रहा था। अब वह काफी समय से लैला अली खान के आने-जाने के समय पर नजर रखे हुए था और साहिब पर तो उसकी पूरी निगरानी थी, वह स्मार्ट छोकरा, जो अकसर लैला को दो इमारत पहले अपनी सुंदर सी विदेशी गाड़ी में छोड़कर जाता था। लता को भी वह इतना प्रिय था कि उसने किसी भी तरह की बात फैलाने की कोशिश नहीं की; हालाँकि उसकी जगह कोई और होता तो यह बात सब जगह फैल जाती। लता वफादार थी और लैला का राज उसके पास सही-सलामत था। दिनेश उसे और सचेत नहीं करना चाहता था, इसलिए आगे बात करने लगा, "तो तुमने सुना ही होगा कि मेमोरियल वाले दिन पुलिस आकर पैट्रिक को पकड़कर ले गई थी?"

"हाँ, वह तो सबने सुना। क्या उसने सचमुच पी रखी थी?"

"पीकर धुत्त था। मिसेज रॉय को कुरसी समझकर उनकी गोदी में जा बैठा। फिर जब मिसेज सिंह का बेटा गा रहा था तो वह बुक्का फाड़कर रोने लगा।"

"हे भगवान्!" वह इस बात से सदमे में थी कि उस बेचारे ने सबके बीच अपनी इज्जत गँवा दी।

"और मिसेज रॉय?" उसने विस्फारित नेत्रों से पूछा। उसे पूरा यकीन था कि कुछ बुरा ही हुआ होगा।

"वे कुछ ज्यादा नहीं कर सकती थीं। बस, शुक्र मनाओ कि कुक आकर उसे उठा ले गया। पर यह बता दूँ कि मिसेज रॉय से पंगा लेना मजाक नहीं है।" दिनेश लता से बातें करते हुए खुलने लगा था, इसलिए स्वर भी थोड़ा सा बदल गया। लता खी-खी करने लगी और फिर अपनी गोदी में देखा, जिसमें घास से जमा किए हुए बोगनवेलिया के फूलों का ढेर जमा हो गया था। अचानक दिनेश आगे को झुका, धरती से गुलाबी बोगनवेलिया उठाया और हाथ बढ़ाकर लता को दिया। वह खिलखिलाई, पर लजाते हुए फूल ले लिया। उसने यह भी ध्यान रखा कि कहीं उनकी उँगलियाँ आपस में छू न जाएँ।

"माना कि मिसेज मोदी थोड़ी सख्त स्वभाव की थीं, पर पैट्रिक तो पिछले कई सालों से उनके लिए काम करता आ रहा था। जब कोई नौकर ऐसा काम करते पकड़ा जाता है तो इससे हम सभी नौकरों की जात बदनाम होती है। लोग हम पर भरोसा करते हैं। पता है, उसके जेल जाने के बाद से मेरी मैडम मुझे अपने छोटे-मोटे काम करने ही नहीं देतीं। कितनी बेइज्जती की बात है!" दिनेश ने आगे कहा।

"पैट्रिक ने किया क्या था?"

"वह पढ़-लिख लेता था। मिसेज मोदी अकसर उसे दोपहर की नींद से पहले कुछ पढ़कर सुनाने को कहतीं। वह बूढ़ी औरत अपनी आदतों से लाचार थीं। पैट्रिक बचाव के बहाने तलाशता था और उसने उनके दोपहर के ड्रिंक में नींद की गोली डालनी शुरू कर दी।"

लता ने अपने मुँह पर हाथ रखकर आह भरी।

"यह तो साफ है कि वह उन्हें कई सालों से नींद की गोली दे रहा था;

पर इतना दिमाग तो था कि वह यह दवा थोड़े अंतराल पर देता था, ताकि मिसेज मोदी उस खुराक की आदी न हो जाएँ।"

"हे भगवान्!" लता बोली।

"और मैं ये बातें नहीं बना रहा। उसने पुलिस को खुद बयान दिया है।"

"क्या तुम्हें लगता है कि उसे जेल में पीटेंगे?"

"बिल्कुल, सारा नशा हिरन कर दिया होगा, फिर उन्होंने उसका बयान लिया होगा।"

"एक बार मेरे गाँव में किसी को छोटी-मोटी चोरी के लिए थाने ले गए थे। उन्होंने उसे इतनी बुरी तरह से पीटा कि आज उसे एक तरफ से लकवा मार गया है।" लता ने कहा और इस सोच से काँप उठी।

"खैर, पैट्रिक अपनी मालकिन को नींद की गोली देकर सुला देता था और फिर आराम से शराब पीता। पहले उसने उनकी सारी शराब की बोतलें खाली कीं और उनमें देसी माल भर दिया। जल्दी ही वह उनके पैसे भी चुराने लगा। वह पक्षी का खाना चुराकर पैसे जमा करता। जब ये सब भी कम पड़ने लगा तो वह घर का सामान उठाने लगा और मिसेज मोदी को कुछ पता नहीं था।"

"कितनी मजेदार बात है! जो औरत अपनी दूरबीन से सारी बिल्डिंग का अता-पता रखती थी, उसे यही नहीं पता था कि उसकी अपनी नाक तले क्या गुल खिल रहे थे!"

दिनेश उसे देखकर मुसकराया। उसने सोचा कि वह कितनी खुशमिजाज थी। उसकी शर्म कम हो रही थी और उससे बातें करने में मजा आने लगा था। लता भी मुसकराई। इस बार की मुसकान पहले से थोड़ी ज्यादा साहसी और बड़ी थी।

सिंह परिवार में पार्टी वाली रात पैट्रिक ने रोज के कोटे से ज्यादा शराब पी ली थी। जब वह मिसेज मोदी को घर लेकर आया तो उसने उनके लिए हॉट चॉकलेट बनाकर उसमें नींद की दवा मिला दी। फिर अगले दिन सुबह

वह सारी रात से पी रहा था। उसने आमतौर पर दी जानेवाली दवा की मात्रा तिगुनी कर दी। मिसेज मोदी ने लंच के बाद पीनेवाला लेमनेड पिया और वे अपने बुकी का नंबर मिलाते हुए दिल का दौरा पड़ने से तुरंत मारी गईं।

लता ने अपने हाथों से मुँह इस तरह ढका, मानो अपनी चीख रोकना चाह रही हो।

जब मिसेज मोदी कुरसी से लुढ़कीं तो पैट्रिक रसोई से हलचल सुनकर दौड़ा आया। उनका चश्मा और दूरबीन नीचे गिरकर टूटे और वे एक ओर को लुढ़क गईं। उसने जोर से चीखकर कहा, "हे भगवान्! माफ कर देना, मैंने इनकी जान ले ली!"

"तो क्या वह जानता था कि उसने ही उन्हें मारा है? उसने यह कबूल कर लिया?"

"हम्म, ऐसा ही हुआ।"

"उसने पुलिस को यह सब कहा, क्यों?"

"लता, तुम यकीन नहीं करोगी।" दिनेश हिचका और फिर आगे बोला, "अगर मैं तुम्हें 'लता' कहूँ तो बुरा तो नहीं मानोगी?"

लता का चेहरा लाल हो गया और उसने हामी में गरदन हिला दी।

"याद है, मैंने बताया था कि जब मिसेज मोदी को दिल का दौरा पड़ा तो वे बुकी को नंबर लगा रही थीं?"

"हम्म।"

"तो बुकी उस समय लाइन पर था, जब उसने काँच टूटने और पैट्रिक के चीखकर बोलने की आवाज सुनी। बुकी ने बात को ज्यादा तूल नहीं दिया। उसने यह सुना और फोन रखकर अपने काम में लग गया।"

"फिर? पुलिस को यह सब कैसे पता लगा?" लता को कहानी में रस आने लगा था।

"वे लोग पुलिस स्टेशन में थे। तुम्हें याद होगा कि उन्होंने उनके घर से बहुत सारे सुबूत भी जमा किए थे?"

“नहीं, मैंने कुछ नहीं देखा। मैं बच्चों को स्कूल से लाने गई हुई थी।”

“उन्होंने काँच के टुकड़े, दूरबीन और तोते को भी ले लिया था।”

“ओह, मिसेज मोदी का प्यारा तोता। मेरी मैडम ने बताया कि मोदी मैडम को उनके पति ने दिया था। उनके कोई औलाद नहीं थी। जब मैडम ने यह बात बताई तो वे रो पड़ी थीं।” लता के स्वर में हलकी उदासी झलक उठी।

“स्टेशन पर बैठा तोता वही फोन नंबर दोहराने लगा, जो उसने आखिरी बार सुना था। इंस्पेक्टर ने नंबर मिलाया तो वह बुकी का नंबर निकला।” दिनेश मिसेज मोदी की मौत का राज और उसे सुलझाने का अनूठा मामला सुनाते-सुनाते जोश में आ गया, “जब बुकी को मिसेज मोदी की मौत का पता चला तो उसने सारी बात बता दी। पुलिस के लिए यही बहुत था। उन्होंने झट से पैट्रिक को धर दबोचा।”

लता की आँखें तश्तरी की तरह चौड़ी हो गई थीं। उसने कभी इतनी अजीब बात नहीं सुनी थी। एक बूढ़ी महिला की अपने ही नौकर के हाथों मौत का रहस्य बोलनेवाले तोते और बुकी की छिपकर सुनी गई बात के जरिए सुलझा। यह कहानी इतनी शानदार थी कि सच नहीं लगती थी। वह मुँह बाए दिनेश को ताकती रह गई।

दिनेश ने हँसकर उसके खुले हुए मुँह के आगे उँगलियाँ लहराईं और बोला, “मक्खियाँ अंदर चली जाएँगी।”

लता ने अचानक सँभलकर मुँह बंद कर लिया और सूखे हुए होंठों पर अपना हाथ मला। फिर उसने चमड़े की घड़ी में समय देखा, जो उसे पिछले साल लैला ने दी थी—यह उसकी सबसे कीमती चीज थी। देर हो रही थी। उसे जल्दी ही बच्चों को स्कूल से लेने जाना था। उसने गोदी से फूल झाड़े, पर वह फूल रख लिया, जो दिनेश ने दिया था और उठ खड़ी हुई।

“मुझे ऊपर बहुत काम पड़ा है।” उसने अली खान के घर की ओर संकेत किया।

दिनेश भी अपने पैरों पर उछलकर खड़ा हो गया और लता को भीतर छोड़ने चल दिया। प्रवेश से पूर्व दोनों ने एक साथ तीसरे तल्ले पर मिसेज मोदी की बालकनी को देखा, जहाँ वे अपनी दूरबीन और प्रिय तोते के साथ दिखती थीं। अब वह जगह खाली पड़ी थी। उन्होंने एक साथ आह भरी और ध्यान दिया कि उनके हाव-भाव भी आपस में मिलने लगे थे। उन्होंने अपने सिर घुमा लिये और अपने रास्ते चल दिए; पर उनकी नजरें उसी तल्ले पर टिकी थीं।

□

14

हर दोपहर, लंच से निबटने के बाद, मिसेज कपूर अपने सोने के कमरे में जातीं और अपनी मम्मी को दिन की दूसरी जरूरी कॉल करतीं। मिसेज कपूर की मम्मी कम उम्र में ही विधवा हो गई थीं और उन्होंने अकेले ही उसे पाला व बड़ा किया। उनके पति बहुत सारा पैसा छोड़ गए थे, जिससे मिसेज कपूर की मम्मी वैसा ही जीवन जीती रहीं, जिसकी वे आदी हो चुकी थीं। थोड़े से चालाकी से भरे निवेश और सही स्टॉक की जानकारी ने उनकी कुल आय दुगुनी कर दी और दोबारा विवाह करने के बाजार में अल्पायु विधवा की माँग भी बढ़ गई। मिसेज कपूर ने अपने लिए आए कई रिश्ते ठुकरा दिए, हालाँकि वे खुद भी कोई सुंदरी नहीं थीं और उनके मर्दाना नैन-नक्श एवं भद्दी चाल से आकर्षण का कोई सवाल नहीं पैदा होता था। पर वे पैसे वाली थीं और जैसा कि सभी स्मार्ट नवयुवक जानते थे, सुंदरता रहे या न रहे, पर एक चतुर महिला के हाथों सँभाला गया पैसा हमेशा कई गुना होता है। उनके लिए यही जानकारी बहुत थी। मिसेज कपूर की मम्मी ने दूसरे विवाह के मौके को हाथ से जाने दिया, ताकि वे अपने इकलौते सच्चे प्यार, अपनी बिटिया का पूरा ध्यान रख सकें।

मिसेज कपूर कुल मिलाकर औसत लड़की थीं, दिखने में ठीक-ठाक थीं और माँ के मर्दाने नैन-नक्श विरासत में मिले थे। पढ़ाई में भी औसत थीं और बमुश्किल से पास होतीं। एक पोलीटेक्निक कॉलेज से पढ़ाई पूरी करने के बाद उन्होंने एक औसत से आदमी को ही विवाह के लिए चुन लिया;

हालाँकि उन्हें मम्मी का आशीर्वाद मिला। मि. कपूर पंजाबी थे और नौकरी भी पक्की थी, पर घर के मामले में बदकिस्मत निकले। वे मुंबई के रहनेवाले थे। जब वे रिश्तेदारों के पास लुधियाना मिलने आए हुए थे तो वहीं दोनों की भेंट हुई। मि. कपूर और उनकी भावी पत्नी के बीच अच्छी बन गई। वह दिल की नेक थीं और परिवार में अच्छा निभा सकती थीं। भले ही चेहरा-मोहरा सुंदर नहीं था, पर व्यक्तित्व तो रोब वाला था। छुट्टियाँ बीतने तक मि. कपूर ने अपनी मामी के हाथ रिश्ता भिजवा दिया था। उनकी पृष्ठभूमि और बैंक की बचत से संतुष्ट होकर मिसेज कपूर की मम्मी ने रिश्ते के लिए हामी भर दी। शादी की तारीख तय हो गई। ब्याह का जोड़ा तैयार करवाने और दूसरी तैयारियों में खोई मिसेज कपूर की मम्मी यह भूल गईं कि उस आदमी से बेटी की शादी का मतलब होगा कि उसे कई मील दूर भेजना। इसमें कोई शक नहीं कि इस दूरी से युवती का भला ही हुआ; हालाँकि उनके कंधों पर सिर था, पर वह हर बात के लिए माँ पर निर्भर रहती थीं। अब कम-से-कम वह छोटे-मोटे काम तो अपनी मरजी और दिमाग से कर ही लेती थीं।

मुंबई में दस साल से रहते हुए मिसेज कपूर उन बेड़ियों को तोड़ चुकी थीं, जिसमें वे अपनी मम्मी के साथ बँधी थीं। पति का हौसला मिला तो उन्होंने अपनी मम्मी पर निर्भरता घटानी आरंभ कर दी। दोस्ताना स्वभाव के चलते जल्द ही मम्मी की जगह दूसरे सलाहकारों ने ले ली। वैसे, मिसेज कपूर की मम्मी इतनी आसानी से टलनेवालों में से नहीं थीं। उन्होंने किसी तरह छल-बल से पैरों को गठिया रोग लगा लिया था। जब भी उनकी बेटी मम्मी की सेवा करने लुधियाना आतीं तो उनकी बीमारी जादू से अपने आप ठीक हो जाती। वे बेटी को लगातार उसके लिए किए गए बलिदानों की याद दिलाकर इमोशनली ब्लैकमेल करतीं और उनकी कोशिश रहती कि मिसेज कपूर किसी-न-किसी तरह उनके पल्लू के छोर से बँधी रहें। नतीजन मम्मी और बेटी के बीच दिन में तीन बार फोन पर बात होती और हर जरूरी व गैर-जरूरी बात पर चर्चा होती। मिसेज कपूर बड़ी उदासीन किस्म की नानी

थीं। उनका प्यार अपने दौहित्र तक नहीं पहुँचा। वह केवल अपनी बेटी तक ही सीमित था। कई बार तो यह भी लगता था कि उन्हें उन बच्चों से चिढ़ थी, जो उनकी बेटी का अधिकतर ध्यान अपनी ओर लगाए रखते थे।

तो उस दोपहर, जब मिसेज कपूर मम्मी को स्कूल में अपने बच्चों की उपलब्धियों का ब्योरा दे रही थीं तो उन्होंने नींद आने का बहाना किया और बार-बार फोन पर जँभाई का स्वर सुनाई देने लगा। उन्होंने झपकी लेने के नाम पर फोन रख दिया।

मिसेज कपूर ने इसके बाद अपने हाथों में एक मैगजीन ली और अपनी घरेलू नौकरानी को आवाज दी। वह दुपट्टे से गीले हाथ पोंछते हुए एक तौलिया और पॉण्ड्स कोल्ड क्रीम का जार काँख में दबाए आ गई।

वैसे मिसेज कपूर अपना बहुत खयाल रखनेवालों में से नहीं थीं। वे एक ही बार हेयर सैलून गई थीं, जब उन्हें पति के बॉस की शादी की सालगिरह की दावत में जाना था। कपड़ों पर कोई बहुत ज्यादा खर्च नहीं करती थीं। पारंपरिक सलवार-कमीज पहनती थीं और गृहिणी होने के नाते थोड़ा सा भी अतिरिक्त पैसा हाथ में आते ही उसे अपनी बजाय घर पर लगाना पसंद करती थीं। बस, ये दोपहर की पैरों वाली मालिश उन्हें बहुत भाती थी। वे पलंग पर पैर फैलाकर बैठ जातीं और उनकी नौकरानी क्रीम से पैर मल देती, जिसमें से बाजार के इत्र की दुकानों पर मिलनेवाले गुलाब के इत्र जैसी भीनी-भीनी गंध आती थी। पैरों की मालिश के दौरान वे मैगजीन पढ़ते हुए फिल्मी सितारों की जिंदगी में झाँक लेतीं। यह सब इतना तयशुदा था कि आवाज लगाते ही नौकरानी झट से सामान लेकर हाजिर हो जाती। उसने पलंग पर तौलिया बिछाकर मिसेज कपूर के पैर उस पर रखे और क्रीम का बड़ा सा लोंदा लेकर मालिश करने लगी। ऐसा करते हुए उसके हाथ की काँच की चूड़ियाँ भी आवाज कर रही थीं। मालिश का जादू रंग लाने लगा तो मिसेज कपूर ने मैगजीन एक ओर रखकर आँखों पर बाँह धर ली और झपकी लेने लगीं।

नौकरानी लगातार मिसेज कपूर के पैर को दबा-दबाकर मलती रही,

जब तक उनकी साँस उथली नहीं हो गई और खर्राटों की आवाज नहीं आने लगी। ज्यों ही उसे लगा कि मालकिन सो गईं, उसने पाजामे के इलास्टिक में खोंसा हुआ सेल फोन निकाल लिया। फिर एक हाथ से पैर दबाते हुए दूसरे हाथ से फोन का फोटो एलबम खोला और एक इमेज छाँटी—गहरे नीले रंग की पृष्ठभूमि में फूलों का गुलदस्ता रखा था, जिस पर फ्यूशिया पिंक रंग से आड़ी-तिरछी लिखावट में 'गुड मॉर्निंग, आपका दिन शुभ रहे' लिखा था। उसने अपनी कांटेक्ट लिस्ट को अनेक लोगों को झटपट उसे भेज दिया। फिर व्हाट्सअप खोलकर मेसेज स्क्रॉल करने लगी, जिनमें फरिश्तों के पंख लगाए पिल्ले या पौधों के पास खेलते बिल्ली के बच्चों की तसवीरें दिख रही थीं। तभी मिसेज कपूर के खर्राटे बंद हो गए। उन्होंने पैर झटका, ताकि नौकरानी को और जोर से पैर दबाने का संकेत मिल सके। उसने अपना फोन पीछे रखकर पैर दबाया और अनजाने में हाथ किसी ऐसी नस पर पड़ा कि मिसेज कपूर मारे दर्द के चिहुँक उठीं। वे खीझकर उठ गईं।

"देखकर नहीं दबा सकती?" उन्होंने उसे फटकारकर कहा, "जा, दिनेश को बुलाकर ला। किसी भी काम को ढंग से करने के लिए बस, उसका ही यकीन किया जा सकता है।"

नौकरानी ने आँखें फेर लीं। वह बिना कुछ कहे अपना काम करती रही। मिसेज कपूर ने अपना पैर पीछे खींचा और कहा कि दिनेश को बुलाकर लाए।

"दिनेश घर में नहीं है, मैडम।" नौकरानी ने खीसें निपोरीं।

मिसेज कपूर की खीझ दुगुनी हो गई और वे दिनेश को उसी समय पेश करने पर जोर देने लगीं। नौकरानी घबराकर बाहर निकली और दीवानावार दिनेश को तलाश करने लगी। लिफ्टमैन ने दिनेश को लता के साथ जाते देखा था और वह उनकी रोमानी मुलाकात में खलल नहीं डालना चाहता था, इसलिए उसने दिनेश के बारे में पूछने आई नौकरानी को भटका दिया। जब वह चली गई तो वह सीधा नीचे उतरा, जहाँ उसने प्रेम के मारे छोकरे को सीधा उसके घर वापस भेजा।

दिनेश को बुलाने के आधे घंटे बाद वह मैडम के सामने हाजिर हुआ। मिसेज कपूर गुस्से से आगबबूला हुईं, काउच पर विराजी थीं। दिनेश सिर झुकाए सामने खड़ा था और वे लगातार टी.वी. के चैनल बदल रही थीं।

"दिनेश, तेरी ढिठाई दिन-ब-दिन बढ़ रही है। तुझे क्या लगता है कि तुझे कोई कुछ नहीं कहेगा।" मिसेज कपूर ने उसे फटकारा और इस दौरान रिमोट के बटन दबाती रहीं। "यह सब अली खान के घर काम करनेवाली छोकरी की वजह से हो रहा है न? यह मत भूल कि जब तुझे यहाँ लाई तो तू बिल्कुल कम-अक्ल था। कुछ भी नहीं जानता था। मैंने तुझे गाड़ी चलाना सिखाया। कम-से-कम कुछ तो काम का ध्यान रख ले। उस छोकरी की वजह से काम से ध्यान मत भटका।" वे लगातार बोलती रहीं। कमीज से रिमोट साफ करते हुए अनजाने में कोई बटन दबा और टी.वी. की आवाज तेज हो गई। उस तेज चिल्लाहट को सुनते ही वे बुरी तरह से चौंकीं और झट से दिनेश के हाथ में रिमोट थमा दिया। उसने आवाज कम की और उन्हें रिमोट वापस कर दिया

हालाँकि थोड़ा गुस्सा निकल गया था, उन्होंने स्वर को थोड़ा खुशनुमा बनाते हुए कहा, "ये सब चल क्या रहा है? छोकरी से प्यार-व्यार तो नहीं हो गया? उम्मीद करती हूँ कि तुमने छिपकर ब्याह नहीं कर लिया!"

दिनेश अपनी मालकिन के स्वर के बदलाव से सँभल गया और उसे देखकर रंग बदलने लगा। वह भी मुसकराया और सिर खुजाने लगा।

"दिनेश, कहीं कोई उलटा-पुलटा काम मत कर बैठना। वो लड़की मेरी सहेली के घर काम करती है। मैं नहीं चाहती कि तुम लोगों की वजह से हमारे परिवारों के बीच कोई अनबन हो। तुम इस बात का ध्यान रखना।"

दिनेश का रंग और भी गहरा गया और उसने मैडम की बात पर गरदन मटकाते हुए मन-ही-मन लता के साथ सँभलकर चलने की हिदायत ली और फिर सिर हिलाया कि उसकी वजह से उनके परिवारों के बीच कभी तनाव नहीं होगा। जान बची तो लाखों पाए, दिनेश ने मन-ही-मन चैन की साँस ली। उसे लग रहा था कि मैडम को थोड़ी-बहुत जानकारी का इनाम दिया जाना चाहिए।

“मैडम।” उसने थोड़ी हिचक के साथ कहा।

“क्या है, दिनेश? बोल, मेरे साथ क्या शर्म कर रहा है! मेरे आगे ये सब नहीं चलेगा। बोल, क्या कह रहा है?”

“अली खान मैडम आपकी दोस्त हैं। मैं गरीब आदमी ठहरा, रोजी-रोटी भी आपके सहारे चलती है। पता नहीं, मुझे आपको बताना चाहिए कि नहीं··· पर···” उसने बात काट दी। वह अच्छी तरह जानता था कि उसकी मालकिन बात के जाल में उलझ चुकी थीं। वह चुप खड़ा रह गया।

“क्या? अब बक भी दे?” मिसेज कपूर ने आदेश दिया। वे एक व्यावहारिक किस्म की औरत थीं और गप्पों के लिए हमेशा कान खुले रखती थीं। चाहे बिल्डिंग की कोई छोटी-मोटी बात हो या कोई बड़ा स्कैंडल, उनके लिए तो ये किसी खजाने से कम नहीं था। वे न तो दिखने में सुंदर थीं और न ही बहुत पैसे वाली थीं, पर आसपास की हर खबर पर कान खुले रखती थीं, इसलिए वे हर मीटिंग का अहम हिस्सा बनतीं। उनकी खबर हमेशा पक्की होती और खबर को सबसे पहले, सामने लाने के मामले में, उन्हें कोई चुनौती नहीं दे सकता था।

उन्हें इस बात से खीझ होने लगी कि नौकर उन तक बात पहुँचाने में समय लगा रहा था, जबकि थोड़ी देर पहले वह मनमानी करके हटा था। वे चाहती थीं कि कुछ दिन उसे थोड़ी बेरुखी दिखाई जाए, ताकि उसका दिमाग ठिकाने पर आ जाए। उन्होंने इस खबर के मामले में बेलाग दिखने की पूरी कोशिश की; लेकिन वे दोनों ही असलियत अच्छी तरह जानते थे।

“मैडम, लैला बेबी मैडम···” इस बार फिर दिनेश ने वाक्य अधूरा छोड़ दिया। अब वह दिखावा नहीं कर रहा था। वाकई उसे इतना संवेदनशील राज खोलने में घबराहट हो रही थी।

“हाँ, क्या हुआ लैला बेबी को?”

“···एक लड़का है, मैडम। वह रोज उनको छोड़ने आता है और दो बिल्डिंग पहले कार से उतार देता है। मैंने कई बार देखा है। वे कार के शीशे

लगाकर बैठते हैं और बातें करते हैं।" उसने सब उगल दिया और वह जानता था कि अब लैला को बचाने के लिए बहुत देर हो चुकी थी। यह एक ऐसा बलिदान था, जो उसने अपनी मैडम को खुश करने के लिए किया।

मिसेज कपूर ने हाथ का रिमोट पटका और दिनेश की ओर मुँह घुमाकर बैठ गईं। दिनेश कुछ समझ नहीं पाया कि वे क्या चाहती थीं। दिनेश ने झट से कमरे से निकलने की कोशिश की, ताकि अपनी घबराहट को छिपा सके।

"मैडम, वह हिंदू लड़का है। उसकी कार के रियर-व्यू शीशे पर हनुमानजी का पेंडेंट लगा है।" दिनेश ने बात पूरी की। उसमें मुँह उठाकर मैडम को देखने की ताब नहीं बची थी।

मिसेज कपूर का मुँह खुला हुआ था और आँखें मारे हैरत के फटने को आ रही थीं। उन्होंने खिड़की के बाहर देखा, एक पल के लिए कुछ सोचा और फिर दिनेश से अपना कॉर्डलेस फोन लाने को कहा। उन्होंने झट से नंबर मिलाया तो किसी महिला का स्वर सुनाई दिया।

"हाय! मेरे लिए कम दूध वाली चाय बनवा लो। मैं नीचे आ रही हूँ। जरूरी बात करनी है।"

□

15

अली खान के घर दोपहर का समय कभी शांत नहीं रहता था, क्योंकि बच्चों को बारी-बारी से स्कूल से लाने का हंगामा मचा रहता था। मिसेज अली खान के पाँच बच्चे थे और वे हमेशा स्कूल के बाद उनकी ट्यूशन की क्लासों और टेनिस लेसन के बीच उलझी रहती थीं। कार को लगातार बच्चों को स्कूल, कॉलेज या ट्यूशन भेजने के काम पर लगाया गया था। जब उनकी बड़ी बेटी लैला ने कहा कि वह कार पूल करके कॉलेज जा सकती थी तो यह सुनकर मैडम को बहुत सुकून मिला और उन्होंने लैला को उसी समय हामी भर दी; हालाँकि ऐसा करने से लैला को इतनी छूट मिल गई थी, जिसकी वह पहले कभी आदी नहीं रही थी। आज, जब वे नाक झिंझोड़ने में इस्तेमाल किए गए टिश्यू पेपरों के ढेर के बीच बैठी थीं तो उन्हें अपनी मूर्खता पर बेहद गुस्सा आ रहा था। वे अपने ही बड़े बच्चे पर नजर नहीं रख सकीं।

लैला अली खान वाकई बहुत सुंदर थी। जब से वह पैदा हुई, अपने अब्बा की आँख का तारा बन गई थी। उसके बाद परिवार में और भी बच्चे पैदा हुए, पर कोई भी अपने अब्बा से उसके जितना दुलार नहीं ले सका, यहाँ तक कि बड़े इंतजार के बाद जनमे लड़कों को भी इतना प्यार नहीं मिला। लैला बड़ी नरम दिल और प्यारी लड़की थी। वह अकसर अपने माता-पिता के दोस्तों व रिश्तेदारों के साथ विनम्रता से पेश आती, जो उसके गुलाबी गाल खींचकर हरी आँखों की तारीफ करते। वह हमेशा से अम्मी जैसे लंबे बाल चाहती थी,

पर उसके अपने बाल छोटे थे। ऐसा लगता था कि लटें कैरेमल और सूरज की रोशनी में नहाई हुई हों। प्यारा सा मनमोहक चेहरा और हलकी भूरी रंगत। कुल मिलाकर वह कमाल थी; पर उसे पता नहीं था कि उसका दूसरों पर कैसा असर पड़ता था। कई लड़के उसके आगे दिल हारे, पर उसने कभी जवाब नहीं दिया; क्योंकि उसे उनमें दिलचस्पी नहीं थी। वह अपने भाई-बहनों में मगन रहती, नौकरों की मदद करती और उनकी चहेती कहलाती। लैला ही अपनी अम्मी का सबसे ज्यादा खयाल भी रखती थी।

लैला जानती थी कि उसकी दादी का परिवार उसकी अम्मी को पसंद नहीं करता था और जब भी मिसेज अली खान अपनी ससुराली यात्रा से लौटतीं तो वह उनका मन बहलाती। वे दोनों जानती थीं कि मिसेज अली खान को ससुरालवाले फूटी आँख पसंद नहीं करते थे। जब भी उसके दोनों भाइयों को तीज-त्योहार पर उनसे पहले उपहार मिलते या ज्यादा नकदी दी जाती तो वह कभी एतराज नहीं जताती थी। दरअसल, वह अकसर अपनी छोटी बहनों को भी दिलासा देती, जो इस पक्षपात का ज्यादा शिकार होतीं। वह उनका मन बहलाने के लिए अपना सामान दे दिया करती। लैला अली खान से मिलनेवाला हर इनसान उसे उसके सुखद भविष्य के लिए शुभकामनाएँ देता था। यही वजह थी कि जब मिसेज कपूर ने घर में बात खोल दी तो रसोई में बैठी लता भी सुबकियाँ भरने लगी। कुक उसे पानी पिला कर शांत करने की कोशिश कर रहा था। लता दिनेश से बुरी तरह से नाराज थी। वह उसकी सबसे प्यारी और सलोनी लैला के लिए ऐसा कैसे कर सकता था? तभी उसके मोबाइल पर दिनेश का नाम चमका और उसने झट से फोन काट दिया।

बाहर मिसेज कपूर खिसककर अपनी सहेली के और पास आ बैठीं और उसकी पीठ मलते हुए बार-बार एक ही वाक्य दोहराते हुए तसल्ली देने लगीं, "यह सब जवानी का नशा है। लैला तो बहुत अच्छी लड़की है। सब ठीक हो जाएगा।"

मिसेज अली खान लगातार अपनी नाक साफ कर रही थीं। उन्होंने अपनी सहेली की ओर देखा, जिसने उन्हें कुछ ही मिनट पहले वह नासपीटी खबर

दी थी कि उनकी बेटी, उनकी प्यारी बच्ची लैला, उनकी पीठ के पीछे किसी लड़के के साथ गुलछर्रे उड़ा रही थी, और इससे भी बदतर बात यह थी कि उन्हें छोड़कर सारी बिल्डिंग को यह बात पता थी। अगर उनके ससुरालवालों को इस बात की भनक भी पड़ी तो उनके नाम पर एक और कलंक लग जाएगा। वे यह बरदाश्त नहीं कर सकती थीं। जब से उनके देवर मि. अली खान के छोटे भाई की शादी उस लड़की से हुई थी, जिसे पिछले साल मि. अली के लिए चुना गया था, तब से मिसेज अली खान को नीचा दिखाने का इतना सा मौका भी नहीं छोड़ा जाता था। नई बहू उन्हें हथेलियों पर लिये डोलती थी और उन्हें पूरी तरह से वश में कर रखा था।

हालाँकि, मिसेज अली खान को अपने पति का पूरा सहारा था। वे परिवार में बड़े और सफल माने जाते थे। कोई उनके सामने बोल नहीं सकता था। पर उनकी पीठ पीछे मिसेज अली खान को सौ–सौ ताने सहने पड़ते। उन्होंने कभी अपने पति को इस बात का उलाहना नहीं दिया। उन्हें सपने में भी गुमान नहीं था कि उनकी बीवी के लिए उनके घर जाने की कवायद कितनी कड़ी पड़ती है। वे अपनी बीवी पर जान लुटाते थे, यह किसी से छिपा नहीं था। वे पति की दुलारी थीं और उनके लिए पूरी वफादारी रखती थीं।

लैला के लिए किसी अच्छी जगह शादी करने की बात चल रही थी; पर उसके अब्बा चाहते थे कि पहले उसकी पढ़ाई पूरी हो, इसलिए उसे कॉलेज भेजा गया। हर सप्ताह अली खान परिवार की बड़ी औरतें लैला के लिए किसी खानदानी मुसलमान लड़के को पसंद करने के लिए तसवीरों के पुलिंदे छाँटतीं। दरअसल, मिसेज अली खान की देवरानी लैला नामक सुंदरी को अपने लॉस ऐंजेलेस स्थित सॉफ्टवेयर इंजीनियर भाई के लिए तड़ी करना चाहती थी, जो दीवाली की छुट्टियों में मुंबई आने वाला था। उसे उम्मीद थी कि दोनों के बीच मेल–जोल करवाने से ही बात जम जाएगी। मिसेज अली खान ने यह सब मिसेज कपूर को बताया और साथ ही यह भी कहा कि अगर किसी को लैला के एक हिंदू लड़के के साथ प्रेम–प्रसंग होने की बात पता चली तो कहर आ जाएगा। वे इतना डरी हुई थीं कि मुँह से शब्द भी नहीं फूट रहे थे।

"जो भी करो, बस, अपने पति के कान तक बात मत जाने देना।" मिसेज कपूर ने सहेली को सलाह दी, "पहले आज बच्चों को घर आने देते हैं और फिर उनसे बात करके समझाने की कोशिश करेंगे।"

मिसेज अली खान ने हामी भरी और आखिरी बार नाक अच्छी तरह साफ की, फिर उन्होंने नीचे गिरे टिश्यू उठाए और रसोई की ओर चल दीं। उन्होंने लाल सूजी हुई आँखोंवाली लता को टिश्यू फेंकने के लिए पकड़ाए और दो कप चाय बनाने का हुक्म दिया। कुक को कुछ पकौड़े तलने के लिए भी कहा। जब भी वे परेशान होती थीं तो बहुत खाती थीं और तिस पर भी हमेशा छरहरी बनी रहतीं और पति के घरवालों की मेहरबानी से वे अकसर जरा सी बात पर परेशान हो ही जाती थीं।

उस रात लैला अली खान अपने कमरे की खुली हुई खिड़की के पास खड़ी थी। उसने पेड़ों पर टँगे, बादलों के पार से दिखाई देते उँगली के नाखून जितने चाँद को देखा। बाहर झींगुरों की चिल्लम-चिल्ली व मनमानी जारी थी और वह फुटपाथ पर रात के लिए बिस्तर बिछाते लोगों को देख सकती थी। खिड़की के नीचे पार्किंग लॉट में खड़े स्कूटर व कारों पर ओस ज़मा होने लगी थी, जो सड़क की रोशनी में जगमगा रहे थे। लैला ने फोन निकालकर नंबर डायल किया। घर शांत था और भाई-बहन गहरी नींद में थे। वे अभी इतने बड़े नहीं हुए थे कि उनके बचपन के सपने कहीं खो जाएँ। उसने सोचा कि कभी वह भी इतनी ही मासूम थी। कुछ ही घंटे पहले वह अपनी बहन के साथ बिस्तर में लेटी उसे उसकी मनपसंद किताब से राजकुमारी की कहानी सुना रही थी।

'काश, असल जिंदगी भी ऐसी ही होती!' अरुण का फोन उठाने से पहले उसने खुद से कहा।

"लैला, तुमने मुझे चिंता में डाल दिया। तुम्हारा मेसेज देखा, क्या हुआ? तुम ठीक तो हो?"

जब लैला के बोलने की बारी आई तो उसने अपने दिलबर को बता दिया कि उसकी मम्मी को उनके बारे में सब पता चल गया था। उन्होंने पहले उसे समझाया और फिर फटकारा और फिर लैला के घर से बाहर निकलने, उससे

बात करने या मिलने पर भी पूरी तरह से रोक लगा दी। लैला का सुंदर चेहरा मुरझा गया था और गालों पर बहुत आँसुओं के कारण लाल हो गया था, जिन्हें वह बार-बार उलटी हथेली से पोंछ रही थी।

"उन्होंने अभी पापा से नहीं कहा। उनका कहना है कि अगर मैं तुमसे अपना रिश्ता तोड़ दूँ तो वे किसी से कुछ नहीं कहेंगी।" लैला का दिल बुरी तरह से टूटा था, जो उसके लहजे से साफ झलक रहा था। अरुण के मुँह से बार-बार 'लैला-लैला' के सिवा कुछ नहीं निकल रहा था, मानो इस नाम को सुनकर ही लैला को दिलासा मिल रही हो।

"अरुण, मुझे समझ नहीं आ रहा कि अब क्या करना चाहि ?। मैं मम्मी-पापा को बहुत प्यार करती हूँ। उन्हें परेशान नहीं करना चाहती। पर तुम्हारे बिना रहने के बारे में तो सोच भी नहीं सकती।" उसने हौले से कहा और मुड़कर अपने कमरे के दरवाजे की ओर देखा। वह बंद था और बाकी कमरे अंधकार में डूबे हुए थे। उसने फिर से तारों से जड़े आसमान को देखा और चेहरे पर ताजा आँसुओं की लड़ी उमड़ आई, जो उसकी गरदन के खोखले हिस्से पर जमा होने लगी।

"लैला, मेरा भरोसा करती हो ?" अरुण ने पूछा और लैला ने हामी भरी। उसे यह भी याद नहीं रहा कि अरुण उसे देख नहीं सकता था।

"तो अभी सोने जाओ और मुझे इस बारे में सोचने दो। मेरा यकीन करो, कोई-न-कोई रास्ता निकाल ही लूँगा। अब रोना बंद करो और सब मुझ पर छोड़ दो।" वह लैला को तब तक दिलासा देता रहा, जब तक उसने रोना बंद नहीं किया। इससे पहले कि वह कुछ कहता, उनके बीच एक सन्नाटा-सा छा गया।

"और लैला···"

"···हम्मा।"

"मैं तुम्हें बहुत प्यार करता हूँ।" उसने फोन रखने से पहले कहा।

लैला ने खिड़की बंद की, परदा लगाया और सोने चली गई।

□

16

मिसेज रंगनेकर ने सुबह का स्नान पूरा किया और बाथरूम से बाहर निकलीं। एक गीला तौलिया उनके धुले हुए बालों से कपड़े की लंबी चोटी की तरह लिपटा था और सिर का ऊपरी हिस्सा गीला था, जिससे पानी टपक-टपककर उनके ब्लाउज को भिगो रहा था। अपनी सुबह की दिनचर्या के अनुसार, वे अपने छोटे से मंदिर की ओर बढ़ीं—एक स्टूल केसरिया कपड़े से ढका था, जिस पर पीतल की छोटी मूर्तियाँ रखी थीं। उन्होंने अगरबत्तियों को जलाकर हवा में लहराया। जब वे धुआँ देने लगीं तो उन्होंने उन्हें वहीं खोंस दिया। सारा दिन घर में उनकी गंध बनी रहती, जिससे प्रार्थना और दया का भाव उपजता था। उन्होंने अखबार में लिपटा छोटा सा पुलिंदा खोला, जिसमें गेंदे के छोटे फूल थे। उन्हें वाचमैन रोज सुबह उनके दरवाजे के पास रख जाता। जब से रंगनेकर उस जगह रहने आए थे, वह तब से उन्हें फूल देता आ रहा था। उन्होंने अपनी मूर्तियों के चरणों में फूल चढ़ाए और फिर एक छोटी घंटी के लकड़ी के हैंडल को पकड़कर उसे लगातार बजाने लगीं। उन्होंने दूसरे हाथ में अगरबत्तियाँ उठा लीं और उन्हें धीरे-धीरे अपने इष्ट के आसपास घुमाते हुए धुएँ के छोटे-छोटे दायरे बनाने लगीं। इसके बाद उन्होंने हाथ जोड़कर अपनी आरती पूरी की। होंठ जाने कौन सा मंत्र बुदबुदा रहे थे।

जब तक उनकी पूजा पूरी हुई, उनका ब्लाउज पूरी तरह से भीग गया था। उन्होंने अलमारी से दूसरा ब्लाउज निकाला और उसे बदलने के लिए बाथरूम में चली गईं।

बाथरूम में जाकर उन्होंने अपना पल्लू हटाया और हौले से ब्लाउज के हुक खोल दिए। जब वह उनकी बाँह पर हलका सा खिंचाव देते हुए बाहर आया तो वे चिहुँकीं। उन्होंने शीशे में देखा—उनके कंधों पर खरोंचों के निशान गहरे बैंगनी रंग के हो गए थे। उन्होंने उन पर उँगलियाँ घुमाईं तो थोड़ा सा छूने पर भी उनमें तेज दर्द महसूस हुआ। वे शीशे में ताकते हुए उस हिंसा के प्रतिबिंब को देखती रहीं, जिसे वे अपने विवाह के एक साल बाद से सहती आ रही थीं और अब उनके विवाह को पाँच साल हो चुके थे। उन्होंने सिर से तौलिया उतारा, अपने बालों का जूड़ा लपेटा और नम आँखें पोंछ लीं। फिर एक गहरी साँस लेकर सूखा ब्लाउज पहना, साड़ी लपेटी और बाथरूम का दरवाजा खोलने से पहले ठिठकीं। बाहर कमरे में पति की आहट आ रही थी। उन्होंने दरवाजा खोला और सीधा रसोई की ओर चल दीं, ताकि पति से संवाद की नौबत न आए।

इस दौरान मि. रंगनेकर सफेद बनियान और चेकवाली लुंगी पहने, खिड़की के पास टेक लगाए सिगरेट फूँक रहे थे। रसोई से उनकी बीवी के गैस जलाने, चाय-चीनी के डिब्बे खोलने-बंद करने की आवाजें आ रही थीं, जिन्हें सुनकर उनकी झुँझलाहट और भी बढ़ गई। उन्होंने दोनों उँगलियों में थामी हुई सिगरेट का गहरा कश लेने से पहले अँगूठे से नाक खुजाई। धुआँ छोड़ते हुए आँखें मुँदीं और फिर पछतावे व शर्म के मारे गरदन झुका ली। उन्होंने दूसरे हाथ से गरदन के पिछले हिस्से को जकड़ा हुआ था। उनकी आँखों के आगे पत्नी का जवाँ खिलखिलाता चेहरा नाच गया और उसी कल्पना के बीच उन्होंने देखा कि वे समंदर के किनारे बैठे हैं। लहरें उसके पैर भिगो रही हैं और वह उन्हें कोयले पर भुनी मूँगफलियों का ठोंगा पकड़ाती है, जो उसने अभी खरीदी हैं। वह पानी में उँगलियाँ भिगो रही है, उन पर पानी के छींटे मार रही है। वे चेहरे से पानी पोंछकर हँसते हैं। उसके बाल चोटी से खुलकर बाहर आ गए हैं और खारी हवा उन्हें उसी तरह लहरा रही है, जैसे अचानक वसंत खिल उठा हो। वे बालों की लटें कान के पीछे खोंस देते हैं,

पर वे उसी समय फिर से लहराने लगती हैं। पर उन्हें पिछली रात यह सब याद नहीं आया, जब उन्होंने उसे बालों से पकड़कर खींचा, उसकी गरदन पीछे की ओर अस्वाभाविक तरह से मोड़ी और वह उनके आगे गिड़गिड़ाती रही कि उसे बहुत दर्द हो रहा है, वे उसे छोड़ दें। उन्हें याद है, ठीक जिस समय उन्होंने उसके सिर को अलमारी पर दे मारा और उसे धीरे-धीरे फर्श पर लुढ़कने के लिए छोड़ा, उससे पहले वह रोना बंद कर चुकी थी।

वह उसे गला खँखारते हुए सुन सकते थे। उन्होंने मुड़कर देखा तो वह उनकी चाय लिये खड़ी थी। उन्होंने बुझी-सी मुसकान के साथ चाय का प्याला थाम लिया। उनकी पत्नी ने कोई प्रत्युत्तर नहीं दिया और फिर से रसोई में लौट गई। रसोई में उसने बिस्कुट का एक पैकेट खोला और एक बिस्कुट चाय में डुबो दिया और रसोई की खिड़की से बाहर देखने लगी।

उनकी मुलाकात ऑफिस में ही हुई थी। वे उनके ऑफिस में एक स्टेनो थीं। उनके पति तब वाइस चेयरमैन के निजी सहायक थे। जब मि. रंगनेकर काम पर आने के कुछ दिन बाद कैफेटेरिया में मायूस-से चेहरे के साथ बैठे दिखे, उन्होंने उन्हें खाने के लिए पूरनपोली दी और वहीं से उनके बीच बातचीत होने लगी। कैंटीन का खाना बेस्वाद था और मि. रंगनेकर ने उन्हें घर के बने खाने के लिए धन्यवाद दिया। वे कोल्हापुर से मुंबई आए थे और किसी गुजराती परिवार में पेइंग गेस्ट के तौर पर रह रहे थे। तिरछी मुसकानवाली उस युवती स्टेनोग्राफर की दयालुता और दिलेर नजरों ने उनके दिल को छू लिया। अगले दिन वे उसके बालों के लिए फूल ले गए। उस युवती ने फूल ले लिये, पर बालों में नहीं लगाए। छह माह बाद जब वे अपने माता-पिता के साथ विवाह का प्रस्ताव लेकर गए तो युवती के पिता ने झट हामी भर दी। वे अच्छे घर से थे और आनेवाले दिनों के लिए संभावना की कमी नहीं थी। शिवाजी पार्क के एक वेडिंग हॉल में बिना किसी टीम-टाम के सादे तरीके से उनका विवाह संपन्न हो गया। इसके बाद वे पत्नी को कोल्हापुर ले गए और अपने संबंधियों से मिलवाने के बाद वह शहर दिखाया, जिसमें वे पले-बढ़े।

जब वे हनीमून से वापस आए तो उसके कुछ समय बाद ही मि. रंगनेकर के बॉस ने नौकरी छोड़ दी, क्योंकि उन्हें सिंगापुर में बेहतर नौकरी मिल गई थी। कंपनी में मि. रंगनेकर के लिए काम नहीं बचा। उन्हें नौकरी से निकाल दिया गया और इस तरह वे अपनी पत्नी की आय पर आश्रित हो गए। एक बार जब वे अपने माता-पिता से मिलकर आ रहे थे तो वापसी पर रिक्शा से उतरने के बाद मिसेज रंगनेकर ने अपने पर्स से पैसे निकालकर भाड़ा चुका दिया। उस समय उनके मन में आया कि वहीं उनके गाल पर तमाचा जड़ दें। तब उन्होंने पहली बार पत्नी पर हाथ उठाया था। जब वे कमरे में वापस आए, वे तब भी पी.जी. में ही थे। उन्होंने उन्हें बाँह से पकड़ा और तमाचा जड़ दिया। पहले तो वह सदमे से अवाक् हो उठीं, फिर झटके से अपनी बाँह छुड़ा ली। यह देखकर उन्हें और गुस्सा आया और उन्होंने एक और तमाचा दे मारा। उस रात, जब वह सुबकियाँ भर रही थीं तो मि. रंगनेकर ने उन्हें छाती से लगाकर दिलासा दी थी कि वैसा दोबारा कभी नहीं होगा। पर ऐसा हुआ। बस, कुछ ही महीने बाद वही सब दोहराया गया और फिर कभी नहीं रुका।

कई बार ऐसे रवैए में थोड़ा ठहराव आता और मिसेज रंगनेकर को लगता कि उनके पति का गुस्सा शांत हो गया था और वह वही आदमी बन गया था, जो पहले कभी हुआ करता था। फिर वह सब दोबारा होने लगता। पहले इस बरताव ने उनकी देह और फिर मन को बुरी तरह से तोड़ दिया। फिर उन्होंने किसी भी तरह का प्रतिरोध बंद कर दिया। किसी निर्जीव सामान की तरह उनके लात-घूँसे सहन करने लगीं। अगला दिन पछतावे और माफियों का होता; पर वे अच्छी तरह जानती थीं कि कुछ भी बदलने वाला नहीं था। कुछ ही दिनों में उनके पति का वहशी बरताव लौट आता था। यह मिसेज रंगनेकर के जीवन का रहस्य था, जिसे उन्होंने बखूबी छिपा रखा था। पति के कहने से उन्हें कंपनी की नौकरी छोड़नी पड़ी। मि. रंगनेकर को अपनी पत्नी को उसकी कंपनी में काम करते देख आग लगती थी, जहाँ से उन्हें निकाल दिया गया था। मिसेज रंगनेकर ने शांति बनाए रखने के लिए नौकरी

भी छोड़ दी और अपने ही घर की चहारदीवारी के बीच बंदी बनकर रह गईं।

बेडरूम का दरवाजा जोर से बंद हुआ और वे अपनी तंद्रा से झटके से बाहर आ गईं। उनकी चाय ठंडी हो चुकी थी और बिस्कुट मरियल हो गया था। उन्होंने चाय तो सिंक में पलट दी, पर बिस्कुट किसी तरह निगल लिया। आज वह इससे ज्यादा कुछ नहीं खा सकेंगी—मार-पीट के बादवाला दिन हमेशा ही बदतर बीतता था। वे बड़े कमरे में गईं और चाय का खाली कप उठाकर रसोई में ले आईं, जिसे उनके पति ने वहीं खिड़की पर छोड़ दिया था। वे टिफिन बॉक्स जमाने का आधा काम कर चुकी थीं कि पति के दहाड़ने की आवाज सुनाई दी।

"मेरी कमीज एक जगह से घिसी हुई है! तुम धोबी को काम से क्यों नहीं हटा देतीं?" मि. रंगनेकर ने कहा।

"यह उसकी भूल नहीं है। मैंने ही नहीं देखा होगा।" मिसेज रंगनेकर ने हाथ का काम करते हुए जवाब दिया।

"इतना पैसा तो कमाता ही हूँ कि कपड़े अच्छी तरह से धुलकर इस्त्री किए हुए मिलें। इतनी बड़ी बिल्डिंग में आलीशान घर लेकर दे रखा है। कम-से-कम इतना खयाल तो रख सकती हो कि काम पर निकलूँ तो भिखारी तो न लगूँ। क्या तुम चाहती हो कि हर जगह तुम्हारे पति की बेइज्जती होती रहे?"

"कौन सा काम?" मिसेज रंगनेकर के मुँह से अनायास ही निकल गया और फिर वे जोर से बोलीं, "ऐसा दोबारा नहीं होगा। अभी दूसरी पहन लो। मैंने आपकी अलमारी में तैयार करके टाँग रखी है।'' उन्होंने रसोई की ओर उठते तेज कदमों की आहट सुनी और वहीं जड़ हो गईं।

"तू इस लहजे में बात करनेवाली होती कौन है?" वह जिस टिफिन को बंद कर रही थीं, मि. रंगनेकर ने उससे हाथ को खींचते हुए कहा।

"मेरा हाथ छोड़िए। मुझे ये डिब्बे देने हैं। पहले ही देर हो गई है।" मिसेज रंगनेकर ने अपना हाथ छुड़ाते हुए कहा। वह टिफिन से भरा बैग उठाकर दरवाजे की ओर बढ़ीं। मि. रंगनेकर ने साड़ी का पल्लू पकड़ा और

बुरी तरह से खींच लिया। उनकी पत्नी लड़खड़ाईं, पर पल्लू छुड़ाकर आगे चल दीं।

वह बोलीं, "यह सब दो मिनट इंतजार कर सकता है। मुझे पहले काम पूरा करने दें।" इतना कहकर उन्होंने बड़े दरवाजे को खोला।

मि. रंगनेकर गुस्से से आग होकर उसकी ओर लपके। वे घर के दरवाजे से बाहर की ओर निकले और अपनी पत्नी को रोककर अपनी ओर मोड़ा।

"तू अपने आप को समझती क्या है!" वे हौले से फुसफुसाए। उनके आगे के शब्द गिरते हुए टिफिनों के शोर में दब गए। उन्होंने उसे छोड़ा, पर तब तक बहुत देर हो चुकी थी। वह वहीं खड़ी थीं और उनके आसपास खुले हुए ढक्कनोंवाले डिब्बे सीढ़ियों पर लुढ़क रहे थे। उनके पैरों के पास ही नोटों के ढेर पड़े हुए थे, जो बिखरी हुई दाल से पीले पड़ गए थे। तभी लिफ्ट का दरवाजा खुला और उसमें से लिफ्टमैन बाहर निकल आया, जिसके हाथ में एक मोबाइल था।

"मैं इंस्पेक्टर पांडे। मुझे माल समेत अपराधी मिल गए हैं। आप पुलिस की जीप भेजो। मैं गिरफ्तार करने को तैयार हूँ।"

□

17

इंस्पेक्टर पांडे आज कई महीने बाद अपने घर लौटे थे। उस रात की गिरफ्तारी के बाद वे अपने घर लौटे और राहत की साँस ली। उनका नौकर एक घिसी हुई निक्कर और रंग उड़े हुए सुपरमैन लोगो वाली टी-शर्ट पहने हुए था, जो उन्हें देखते ही सारी बत्तियाँ जलाने और दरवाजे खोलने में व्यस्त हो गया। अनमने से पुश-अप्स और स्नान के बाद इंस्पेक्टर पांडे ने अपने खाने के लिए आवाज लगाई। अपनी मेज पर सफेद कुरते-पाजामे में बैठे इंस्पेक्टर ने हाथों से गरम रोटी का निवाला तोड़ा और अपने डिनर का स्वाद लेने लगे। नॉनवेज खाना खाए हुए अरसा हो गया था। एक लिफ्टमैन के वेश में काम करने का मतलब था कि मांस और व्यायाम दोनों को ही कुछ समय के लिए विदा दी जाए। दूसरी बार चिकन करी लेने के बाद वे अपनी कुरसी में पीछे की ओर आराम से बैठकर पिछले बारह महीनों के बारे में सोचने लगे, जब से वे रंगनेकर दंपती की छानबीन के लिए गए थे।

पैराडाइज टावर्स के लिफ्टमैन को पैसा देकर उसकी नौकरी लेना मुश्किल नहीं था। काम का सबसे मुश्किल हिस्सा यही था कि उन्हें कई-कई घंटों तक लिफ्ट में रखे हुए स्टूल पर बैठकर आने-जानेवालों का इंतजार करना पड़ता था, ताकि उन्हें एक से दूसरी मंजिल पर लाया व ले जाया जा सके। पिछले कुछ सप्ताह से सिंह परिवार के आने के बाद थोड़ी रौनक बढ़ी और अच्छा लगा। उन्होंने पूरे मन से उनके सामान के बॉक्स उठाने और रखने में मदद की। इस तरह थोड़ी कसरत हो गई और जोड़ खुले। दिन भर

बैठे-ठाले, बिल्डिंग के लोगों को बात करने के लिए उकसाना और ड्यूटी के बाद नौकरों के स्टाफ का दिल जीतकर उनसे उनके मालिकों के बारे में जानकारी बटोरना कोई मजाक नहीं था। कभी किसी ने किसी तरह का शक जाहिर नहीं किया। रंगनेकर बहुत शांत और चुप्पे किस्म के लोग थे, जो अपने में ही मगन रहते। वे लोग किसी से वास्ता नहीं रखते थे और सोसाइटी के सारे भुगतान समय पर करते। उनके बारे में किसी को कुछ नहीं कहना था और न ही उन्हें किसी को कुछ कहना था। जब वे लिफ्ट में अकेले होते, तब भी पति और पत्नी किसी निजी मामले या पड़ोसी के बारे में कोई बात नहीं करते थे।

इंस्पेक्टर पांडे ने मन-ही-मन सोचा, 'कितनी मजेदार बात है! किस तरह खाकी वरदी एक लिफ्टमैन को अदृश्य कर देती है और पुलिसवाला इस वरदी में दूर से ही पहचाना जाता है।' इस बात की कल्पना भी नहीं की जा सकती थी कि जब लोगों को यह पता होता कि उन्हें कोई नहीं सुन रहा था तो ऐसे में वे दूसरों के लिए क्या-क्या बातें बनाते थे।

कुछ ही समय में इंस्पेक्टर पांडे ने पैराडाइज टावर्स के सभी लोगों को अच्छी तरह पहचान लिया था। वे उन लोगों को इतना जान गए थे, जितना वे जोड़े आपस में एक-दूसरे को नहीं जानते होंगे। वे मिसेज रॉय से पहले जानते थे कि मि. रॉय मिसेज पटेल के घर नाश्ते के लिए जाते थे। उन्हें पता था कि दिनेश घरेलू खरीदारी से पैसे निकालता था। वह लता के लिए सोने की चूड़ियाँ खरीदना चाहता था। वे जानते थे कि पैट्रिक एक मूर्ख पियक्कड़ था और उसने अच्छी कॉकटेल कभी नहीं पी। उन्हें पता था कि सिंह परिवार का सबसे छोटा लड़का पापा की सिगरेट चुराता था और उन्हें स्कूल में बेच देता था। इंस्पेक्टर मुसकराते हुए मन-ही-मन सोच रहे थे कि वह व्यवसायी बन रहा था या अपराधी? इंस्पेक्टर पांडे ने सैम को अच्छी तरह जाँचते हुए परख लिया था कि शाना के लिए उससे बेहतर कोई नहीं हो सकता था और मिसेज रॉय का उनकी दोस्ती पर नाक-भौंह सिकोड़ना बेकार था। लड़का धुन का पक्का था। उन्हें अली खान के बारे में भी ऐसा लगता था, जिन्होंने

अपनी प्यारी और खूबसूरत लैला को बंदी बनाकर अपने लिए समस्या को बुलावा दे दिया था। वे लोग प्रेम में डूबी किशोरी पर कुछ ज्यादा ही चौकसी बरत रहे थे।

पांडे को यह संदेह भी था कि रंगनेकर अपनी पत्नी पर हाथ उठाता था। उनके कई बरसों के पुलिस प्रशिक्षण ने उन्हें लक्षण पहचानने सिखा दिए थे। पर उनके पास कोई सुबूत नहीं था और वे अपनी जंग पूरी समझदारी से लड़ना चाहते थे। रंगनेकर के जीवन में दखल देकर उन्हें चौकन्ना करने का कोई लाभ नहीं था। वे लोग पहले ही बड़े डरपोक थे। उन्होंने पैराडाइज में जितने भी लोगों से संपर्क किया और फिर खाली समय में भेंट की, उनमें से उन्हें लता सबसे उल्लेखनीय और शालीन लगी। हालाँकि वे लिफ्टमैन के रूप में थे, परंतु उन्होंने काफी समय तक उस जगह काम करके जाना कि वे अपनी तंद्रा से बाहर आए और टी.वी. ऑन कर दिया। उन्होंने अपना ध्यान दीन-दुनिया की ओर लगाया और मन-ही-मन संतोष अनुभव किया कि उनका एक और मिशन कामयाब रहा।

उस दिन रंगनेकर की गिरफ्तारी के बाद दो दिन तक बरसात होती रही। सड़कों पर कीच से भरा गँदला पानी जमा हो गया था। स्कूल बंद कर दिए गए और बसें जाम में घंटों फँसी रहीं। पैराडाइज टावर्स के बच्चों और औरतों को मजबूरन घर में ही रहना पड़ा और उनके पास एक-दूसरे के घर चाय पर जाने या मौसम का समाचार जानने के सिवा कोई उपाय नहीं था। बेशक, रंगनेकर ही सबकी बातचीत का केंद्र-बिंदु थे।

मिसेज पटेल ने ऐलान किया कि उन्हें हमेशा से लगता था कि रंगनेकर दंपती के साथ कोई गड़बड़ थी। "मिसेज रंगनेकर डिब्बेवालों के लिए खाना तैयार करती थीं; पर एक बार भी उन्होंने हमें अपने घर खाने पर नहीं बुलाया और न ही कभी हमारे मिलन समारोहों में खाना लेकर आईं। तभी मुझे संदेह होने लगा था कि जरूर दाल में कुछ काला है।" वे बोलीं।

"तो आपने हमें सावधान क्यों नहीं किया? सबके पास ऐसी नजर तो

नहीं होती।" मिसेज रॉय ने अपनी आँखें नचाईं।

मिसेज पटेल ने इस उपहास से परे जाकर, प्लेट से कबाब उठाकर मुँह में डाला और प्लेट को दूसरी महिलाओं के आगे कर दिया। वे लोग मिसेज अली खान के घर थे। बाहर आकाश में घने बादल छाए थे और बरामदे में लगे पेड़ हिंसक रूप से झूमते हुए अपनी कुछ शाखाएँ खो चुके थे। शुक्र है कि किसी को चोट नहीं आई, क्योंकि वे सभी डिनर के समय तक मिसेज सिंह के घर ही रहे और फिर उन्हें अपने-अपने घर बुलाया गया।

एक जगह से पानी रिसने लगा तो उसके नीचे गुलाबी रंग की छोटी प्लास्टिक की बालटी रख दी गई। मिसेज अली खान बार-बार लता को बुलातीं। वह रोने से सूजी हुई आँखें लिये बाहर आती, बालटी खाली कर, दोबारा लगाकर भीतर चली जाती। मिसेज कपूर की आँखें लता का आखिर तक पीछा करतीं। वे उस पर पूरी नजर रखे हुए थीं। उन्हें पता था कि दिनेश और लता के बीच बातचीत बंद थी और उन्हें यह जानकर ठेस लगी कि लता उनके दिनेश को ठुकरा रही थी। वह एक अड़ियल और मूर्ख लड़की थी, जिसे दिनेश ने ही इतना बिगाड़ दिया था कि वह अपनी असली औकात ही भूल गई। उसे कभी दिनेश जैसा अच्छा लड़का नहीं मिलने वाला। मिसेज कपूर ने इस ब्रेकअप से होनेवाले नुकसान को अच्छी तरह भाँप लिया था। दिनेश पहले की तरह काम करनेवाला छोकरा नहीं रहा। वह बातों को भूलने लगा था। दिन भर आलसी-सा बना रहता और उसे बार-बार काम की याद दिलानी पड़ती थी। उसका अधिकतर समय रसोई में स्टूल पर बैठकर फोन को इस उम्मीद में ताकते हुए बीतता कि लता का फोन या मेसेज आ जाए, जो कभी नहीं आया।

मिसेज रॉय ने हमदर्दी जताते हुए कहा, "मिसेज रंगनेकर शोषण की शिकार हैं।"

रंगनेकर के जेल जाने के बाद शाना रॉय में इतनी हिम्मत आ गई थी कि उसने अपनी मम्मी को वह सब बता दिया, जो मिसेज रंगनेकर के घर जानेवाले दिन घटा था।

"मैंने पुलिस स्टेशन जाकर बयान दे दिया है। मेरी बेटी उस घटना की चश्मदीद गवाह है। ऐसी औरत को जेल में डालने की बजाय उसके पुनर्वास की व्यवस्था होनी चाहिए।" उन्होंने पूरे धैर्य से अपनी बात जारी रखी।

दूसरी महिलाओं ने भी सहमति में सिर हिलाया। एक पल के लिए वे सभी सोच में डूब गईं। कितनी संजीदा बात थी! उनकी ही छत के तले एक महिला के साथ ऐसा बुरा बरताव होता रहा और किसी को कानोंकान खबर नहीं थी। दरअसल, वे तो उस महिला से चिढ़ती थीं कि वह कभी दूसरों के साथ किसी भी गतिविधि में शामिल नहीं होती थी। फिर उनकी सोच अपने विवाह तक आ पहुँची। उन्हें भी अपने साथियों से शिकायतें थीं; पर मिसेज रंगनेकर पर जो बीती, उसके मुकाबले तो वह सब कुछ भी नहीं था। उनके मन में अपने साथी के लिए प्रेम और सम्मान का भाव उमड़ आया, जिन्हें एक दिन पहले अपनी पत्नियों की ओर से कोसा जा रहा था कि उनसे शादी करके उनकी जिंदगियाँ तबाह हो गईं।

"तो अब मिसेज रंगनेकर का क्या होगा?" मिसेज पटेल ने पूछा।

"उन्हें छोड़ दिया जाएगा। उन्होंने जान-बूझकर यह अपराध नहीं किया। उन्हें डरा-धमकाकर गुनाहगार बनाया गया। अगर उन्होंने अपनी ओर से सारी जानकारी दे दी तो मुझे उम्मीद है कि पुलिस जल्द ही उन्हें रिहा कर देगी।" मिसेज रॉय ने कहा।

इन दो दिनों में मिसेज कपूर ने अपनी दोस्तों और पड़ोसियों को रंगनेकर परिवार में चल रही सारी नीच घटनाओं का पूरा ब्योरा दे दिया। जब मि. रंगनेकर नौकरी जाने के बाद अपना अच्छा स्वभाव भी खो बैठे तो वे अपनी पत्नी के ऑफिस जाने के बाद अपनी सुबह का अधिकतर समय बाजार में चाय की एक दुकान पर बिताने लगे। वह चाय की दुकान एक गैराज के पास थी, जहाँ ऐसे ग्राहक आते थे, जिन्हें रातोरात नंबर प्लेट बदलवानी होती या फिर कारों पर लगे गोलियों के निशान कुछ ही घंटों में ठीक करवाने होते। उन वाहनों के मालिक समय बिताने के लिए चाय के खोखे पर आ जाते।

मि. रंगनेकर उनकी सोहबत में आ गए और जल्द ही उन्होंने उन्हें बताया कि उनके पास कोई काम नहीं था। इससे पहले कि वे जान पाते, नए दोस्तों ने उन्हें एक ऐसा उपाय बताया, जिससे वे इतने अमीर बन सकते थे, जितना उन्होंने कभी सोचा तक नहीं था और उसमें कोई खास जोखिम भी नहीं था। उन्हें केवल इतना करना था कि चाय के खोखे से नोटों से भरा ब्रीफकेस अपने घर ले जाकर, डिब्बों में गुपचुप नोट भरकर उनके नियत स्थानों पर पहुँचाने थे। उन्हें पता था कि मि. रंगनेकर शादीशुदा थे और उनकी पत्नी को खाना पकाना भी आता होगा। बस, उन्हें इतना करना था कि खाना पैक करते हुए नोटों को डिब्बों के अंदर बने खास हिस्सों में रखना था, जिन्हें रोज डिब्बेवाले उनके घर से आकर ले जाएँगे। डिब्बेवाला इस बात से अनजान रहेगा और जिसे डिब्बा मिलेगा, वह उसमें से अपने नोट निकालकर खाली डिब्बा उसे वापस कर देगा।

मि. रंगनेकर ने हामी भर दी। वे घर गए और अपनी पत्नी को नौकरी छोड़ने पर मजबूर कर दिया और यह नया काम करने के लिए धमकाने लगे। जब उनकी पत्नी ने उन्हें समझाना चाहा कि कानून को हाथ में लेने की बजाय गरीब बनकर रहना कहीं बेहतर होगा तो उन्हें इतना पीटा गया कि वह कुछ बोलने लायक नहीं रहीं। इस तरह रंगनेकर दंपती देश में नकली नोटों का धंधा चलानेवाले गिरोह का हिस्सा बन गए। धीरे-धीरे वे इतने पैसेवाले हो गए, जितनी मि. रंगनेकर ने कभी कल्पना तक नहीं की थी। उन्होंने अपने पड़ोस में ही पैराडाइज टावर्स में फ्लैट ले लिया और अपने लिए पैसे से खरीदी जा सकनेवाली हर तरह की सुख-सुविधा जुटाकर ऐसी जीवन-शैली जीने लगे, जिसके बारे में उन्होंने कभी सोचा तक नहीं था। मि. रंगनेकर ने पड़ोसियों को बताया कि वे एक अखबार के लिए काम करते थे और हर सुबह वे अपना ब्रीफकेस लेकर काम पर निकलते। पर अपना सारा दिन चाय के खोखे पर बिताने की बजाय वे कभी-कभी अपने दोस्तों के साथ समंदर की सैर पर निकल जाते या फिर दोपहर को किसी नई फिल्म का शो देख लेते।

मिसेज रंगनेकर का जीवन और भी बेरंग होता चला गया। उन्हें कुछ भी कहने या बोलने की आजादी नहीं थी। उन्हें बाकी दुनिया से काट दिया गया। बस, उन्हें पंद्रह-बीस दिन बाद माता-पिता से मिलने जाने की इजाजत दी गई थी। पति ने पड़ोसियों से किसी भी तरह का संपर्क रखने को मना किया हुआ था, इसलिए वे दरवाजे में बने छेद से झाँककर ही बिल्डिंग में हो रही हलचल का अनुमान लगाती रहती थीं। वे बहुत उदास रहने लगीं और उनका अधिकतर समय पूजा-पाठ में बीतता। उनकी शादी टूटने के कगार पर थी। पति उन्हें सहन नहीं कर पाते थे और वे उनसे घिन करती थीं। कई बार तो रात को उनके मन में आत्महत्या का भी विचार आता। पर सुबह होते ही वे अपना मन बदल देतीं, क्योंकि उनके भीतर ऐसा कदम उठाने का साहस नहीं था। जब भी पति के हाथों पिटाई होती तो वह अगले दिन उपहार के साथ लौटते—उनके पास सिल्क की साड़ी, नए चप्पल, फिल्म की टिकट या रेस्तराँ में डिनर का प्रस्ताव होता। पहले तो वे मना कर देती थीं, पर यह भी उनकी जान को भारी पड़ने लगा। एक बार जब उन्होंने पति से सोने के सिक्कों का उपहार लेने से मना किया तो वह गुस्से में आकर वे सिक्के उनके मुँह में तब तक ठूँसता रहा, जब तक उनका दम नहीं घुटने लगा। इसके बाद मिसेज रंगनेकर ने उपहार लेने से कभी मना नहीं किया; पर वे खासतौर पर कहे बिना अपनी मरजी से वह सब नहीं पहनती थीं। इस तरह उनकी गिरफ्तारी के दिन तक उनके बीच यही सब जारी रहा।

जब तक मिसेज कपूर ने अपनी कहानी खत्म की, मिसेज पटेल के चेहरे पर आँसुओं की झड़ी थी और बार-बार नैपकिन लगाने से नाक का रंग लाल हो गया था। उन्होंने कबाब की सारी प्लेट निबटा दी थी और अब पकौड़े खा रही थीं। मिसेज सिंह को लगा कि अगर उन्होंने प्लेट नहीं हटाई तो ज्यादा खाने से उनकी दोस्त को नुकसान हो सकता था। उन्होंने लता को प्लेट पकड़ा दी, ताकि वह उसे रसोई में ले जाए और मिसेज पटेल की तरसती हुई नजरें लता का पीछा करती रहीं। मिसेज रॉय गुस्से में थीं और इसी गुस्से में वे

क्रोशिया के दो फंदे गिरा बैठीं, जिससे उनका गुस्सा और भी बढ़ गया। उन्होंने क्षुब्ध होकर सारा बुना हुआ उधेड़ दिया और उसे अपनी टोकरी में पटक दिया। मिसेज अली खान एवं मिसेज सिंह स्तब्ध थीं और अपने हाथ खुले हुए मुँह पर टिकाए हुए थीं। मिसेज कपूर ने अपना काम पूरा होने के बाद नैपकिन को मोड़कर गोद में रखा और सोफे पर टेक लगाकर बैठ गईं। उन्होंने फोन निकालकर देखा, फोन पर माँ की पाँच मिस्ड कॉल्स चमक रही थीं।

अपनी बेटी की बिल्डिंग में हुई गिरफ्तारी की खबर उनके पास भी पहुँच गई थी, क्योंकि उसे राष्ट्रीय समाचारों में दिखाया गया था। समाचार में बार-बार पैराडाइज टावर्स का नाम लिया जा रहा था और ऐसा कैसे संभव था कि मिसेज कपूर की माँ अपनी बेटी की खोज-खबर न लेतीं। हालाँकि, अपने आसपास इतनी गतिविधियों के बीच मगन मिसेज कपूर के पास माँ का मन बहलाने का समय नहीं था। उन्होंने फोन को बैग में रखकर जिप बंद की और अपना पूरा ध्यान गुट पर लगा दिया।

इस दौरान लैला अली खान अपने पलंग पर लेटी हुई थी। उसके पैर अपने परदे से खेल रहे थे। पिछले कुछ सप्ताह से वह रात को रोते हुए सोती और सुबह उठती तो उसके सिर में भयंकर दर्द होता। सूरज की हलकी सी किरण से भी उसका सिर मारे दर्द के फटने लगता, इसलिए वह सारा दिन कमरे में अँधेरा रखती। उसने मन-ही-मन सोचा कि अरुण अभी क्लास में होगा। वह क्लास से बाहर आते ही उसे कॉल करेगा। जब से मम्मी ने उसे बंदी बनाया था, तब वे संपर्क में तो थे, पर कोई हल नहीं निकाल पा रहे थे। लैला के दुःख ने उसकी खूबसूरती को तारीफ के लायक नहीं छोड़ा होगा, ऐसा सोचना ठीक नहीं होगा; क्योंकि अपने दुःख और टूटे हुए दिल के बावजूद वह और भी हसीं लगने लगी थी।

लता को लगता था कि लड़की इस तरह मुरझा जाएगी। वह दिन में कई-कई बार लैला से कुछ खाने का आग्रह करती, उसे अपने हाथों से खिलाती। जब लैला ने उसके हाथों खाने से इनकार कर दिया तो लता ने उसे

यही समझाया कि जब वह अरुण को दोबारा मिले तो उसे उसकी वही प्यारी लैला दिखनी चाहिए। लता शर्मिंदगी के भार से दोहरी थी। दिनेश ने जो किया, उसे माफ नहीं किया जा सकता था। उसने दिनेश से अकेले में मिलने से मना कर दिया था। जब कभी वह भीड़ में दिखाई दे जाता तो वह उसकी ओर से अपना चेहरा घुमा लेती। उसने उनके बीच का भरोसा तोड़ा था। अब वह उससे कोई वास्ता नहीं रखना चाहती थी।

बाहर से औरतों की बातचीत का स्वर नाटकीय होने लगा था। लैला ने म्यूजिक तेज किया और ईयर फोन लगाकर तकिए पर लेट गई। उसने हाथ के संकेत से लता को कमरे से बाहर जाने को कहा। लता ने बाहर जाते-जाते देखा कि लैला अपने फोन पर अरुण और उसके सुखद समय की यादों से सजी तसवीरें देख रही थी और उसके गाल पर आँसू चमकने लगा था। लता किसी तरह अपनी सुबकी रोकते हुए बाहर निकल गई।

□

18

सुबह-सुबह की हवा में एक तेज चीखती हुई आवाज गूँजी और फिर इतनी तेज धमाका-सा हुआ कि बिस्तर से न उठनेवालों को भी मजबूरी में नींद का दामन छोड़ना पड़ा। मि. सिंह भी ऐसे ही लोगों में से थे। उन्होंने बंद आँखों के साथ ही अपनी उँगलियों से ईयर प्लग का जोड़ा तलाशा और इस तरह अंधाधुंध हाथ मारने से न केवल ईयर प्लग, बल्कि उनका फोन भी बिस्तर से नीचे जा गिरे। वे झट से उठे और रजाई पटकते हुए दोनों हथेलियों से चेहरे को मला और फिर अपना फोन काबू किया। फिर वे अपनी चप्पलें पहनकर बड़े कमरे की ओर आ गए।

उनकी पत्नी बालकनी में बैठी अखबार देख रही थीं। पास ही गरम भाप छोड़ते हुए कॉफी का प्याला रखा था। मि. सिंह ने पास आकर उनका माथा चूमा और उनके मग से एक घूँट भर लिया। उनकी पत्नी ने सूरज की ओट होते हुए सिर झुकाकर पूछा, "ब्रश किया आपने?"

यह सुनकर मि. सिंह ने अपना सिर हिलाया। उन्होंने उनके हाथों से मग छीना और कहा कि वे पहले कुल्ला करके आएँ। मि. सिंह ने नीचे दिख रहे लॉन की ओर संकेत किया, "ये सब कैसा शोर-शराबा मचा हुआ है?"

"भूल गए क्या आप, कल दीवाली है? इस जगह हर साल पार्टी होती है। बच्चे तो बड़े उत्साह से भाग लेने की तैयारी कर रहे हैं।" मिसेज सिंह ने अखबार मोड़कर रखा और उठते हुए जवाब दिया।

"डार्लिंग, यहाँ बड़े गेट-टुगेदर होते रहते हैं।" मि. सिंह ने जाने से पहले

आँखें मलते हुए कहा और फिर अपने कमरे की ओर बढ़ गए। तभी दिमाग में कुछ आया और वे अपनी पत्नी की ओर मुड़ते हुए बोले, "वह हमारा बेटा माइक टेस्ट कर रहा था न! अब वह क्या कर रहा है? नाचना? गाना?... समझ नहीं आता कि तुम इन बेहूदी बातों को इतना तूल क्यों देती हो?"

मि. सिंह का पारा चढ़ने ही वाला था कि उनकी पत्नी ने बात सँभाल ली, "वह डीजे का काम सीख रहा है। बस, आप उसे परेशान मत करो।"

मि. सिंह अंदर चले गए और मिसेज सिंह ने अपनी गरदन दोनों ओर घुमाने के बाद कुक को आवाज दी कि वह उनके पति के लिए नाश्ता तैयार करे।

मि. रॉय के टोस्ट खाने से आसपास जमीन पर ब्रेड का चूरा गिर गया था। वे ब्रिटिश साम्राज्य पर लिखी गई एक किताब में मगन थे। उनकी चाय पर लापरवाही की एक झीनी-सी परत आ गई थी और वह पड़े-पड़े ठंडी हो रही थी। उन्होंने किताब की ओट में से देखा, मिसेज रॉय रसोई में काम कर रही थीं। वे पार्टी के लिए दीवाली की पारंपरिक मिठाई बनाने में व्यस्त थीं और उन्होंने सुबह से किसी और काम की तरफ ध्यान नहीं दिया था। उनका पूरा ध्यान दूसरी ओर जानकर, मि. रॉय ने अपना बैग खोला और उसमें से स्टील के ढक्कनवाली डिब्बी बाहर निकालकर खोली। मिसेज पटेल ने बड़ी दरियादिली से उनके लिए ताजा बना पोहा भेजा था और ज्यों ही उन्होंने उसकी सुगंध ली, उनके मुँह में पानी आ गया। उन्होंने चुपके से थोड़ा सा पोहा प्लेट में निकाला और चटकारे लेकर खाने लगे। तभी उन्हें दबी-सी हँसी सुनाई दी और वे अपनी बेटी शाना व सैम की ओर से चौकन्ने हो गए, जो मेज के दूसरी ओर बैठे थे। ज्यों ही उन्होंने बच्चों की ओर देखा तो उन्होंने अपने चेहरे नीचे कर लिये और अगले दिन की पार्टी के लिए माला तैयार करने का दिखावा करने लगे। मि. रॉय ने गला खँखारा और वे दोनों भाप से धुँधलाए उनके चश्मे को देखकर मुसकराए। उन्होंने हौले से पोहे का डिब्बा दोनों की ओर खिसकाया और उन्हें भी खाने को कहा। सैम ने स्वयं

लेने से पहले शाना के लिए भी बड़ा चम्मच निकालकर परोस दिया। फिर उसने ढक्कन बंद कर डिब्बे को मि. रॉय की ओर खिसका दिया और उन्होंने झट से उसे अपने बैग में रख लिया। सबने मिलकर साजिश भरी निगाहों से इधर–उधर ताका और फिर स्वादिष्ट पोहे का आनंद लेने लगे। वाकई बहुत स्वादिष्ट बना हुआ था।

पटेल परिवार के घर में अफरा–तफरी मची हुई थी। सारे बच्चों को नीचे पार्टी की तैयारी के लिए भेजा गया था। मिसेज पटेल और उनके स्टाफ ने रसोई को असेंबली लाइन में बदल दिया था, जहाँ पर कई तरह के पकवान तैयार हो रहे थे। मिठाई और मेवों के टोकरे तैयार हो रहे थे। जगह कम पड़ने लगी तो उन्हें सोफों पर रख दिया गया। जमीन पर सारी औरतें आलथी-पालथी लगाए बैठी थीं, जिनमें लता भी शामिल थी। वे सब छोटे समोसों की भरावन भर रही थीं, जिन्हें कल पार्टी से थोड़ा पहले सही समय पर तला जाना था। इन सब बातों से परे मि. पटेल एकमात्र खाली पड़ी कुरसी पर बैठे टी.वी. में शेयर के उतार–चढ़ाव से भरे समाचारों में खोए हुए थे। बीच–बीच में उनकी पत्नी उन्हें प्लेट में खाने के लिए कुछ दे जातीं और वे बिना देखे उसे लगातार मुँह में डालते जाते।

अली खान के दरवाजे की घंटी बजी और कुक व एक सहायक ने कदम रखा। उनके हाथों में बड़े–बड़े बरतन थे। उन लोगों और बरतनों को मिसेज अली खान की ससुराल की ओर से मदद के लिए भेजा गया था। अली खान के बच्चे बाग के आसपास की झाड़ियों पर बत्तियों से सजावट कर रहे थे। लैला को दो बार नीचे भेजा जा चुका था। उसने अपनी बहन को लड़ियों की उलझन से निकाला और फिर दूसरी बार हाथ में चुभी हुई फाँस निकालकर आई। पटेल परिवार की लड़कियाँ मेजों के आसपास दीये सजाते हुए कुरसियाँ जमा रही थीं। मिसेज सिंह के बेटे अपने भाई को एक कोने में डीजे बूथ लगाने में मदद कर रहे थे। बीच–बीच में माइक टेस्ट के दौरान वन, टू, थ्री···बोला जाता तो वे उसकी तुकबंदी करते हुए बोलते, ‘‘वी कैन सी सैम

अंडीज फॉर फ्री।'' उनका साहस दुगुना हो गया था, क्योंकि यह सब सुनने के लिए सैम उस जगह मौजूद नहीं था।

दोपहर ढलने तक सारी तैयारी हो चुकी थी और बच्चे आपस में मिलकर गप्पें लड़ाते हुए मेजों के आसपास चक्कर मार रहे थे। माली दूसरी बार पौधों को पानी दे रहा था। तभी मिसेज कपूर हाथों में कपड़ों के भारी थैले लिये हुए आईं। उन्होंने वह सामान लिफ्ट के पास ले जाकर रखा और लिफ्ट का बटन दबा दिया। उन्होंने कनखियों से अपने बच्चे लॉन में देखे तो उन्हें पुकारा। वे बेमन से मम्मी के पास आए और अपने फोन जेबों में ठूँस लिये। मिसेज कपूर ने एक नजर उनके मैले चेहरों और हाथों पर डाली। उनकी नाक पर भी काले धब्बे लगे हुए थे। फिर उन्होंने बच्चों को भी थोड़ा सामान पकड़ा दिया और उन्हें अपने साथ ऊपर चलने को कहा। वे मिसेज सिंह के दरवाजे पर रुकीं और बच्चों को अपने घर जाकर मुँह-हाथ धोने को कहा गया। मिसेज सिंह ने दरवाजा खोला और उन्हें भीतर आने को कहा। मिसेज कपूर ने भीतर जाने से मना कर दिया और उन्हें शाम को सही समय पर मिलने की याद दिलाई, ताकि वे सब हर मंजिल पर रंगोली बनाने का काम पूरा कर सकें।

मिसेज कपूर ने हामी भरी, तभी मिसेज सिंह को वहीं कमरे में बैठे मि. सिंह दिखाई दे गए, जो टी.वी. देख रहे थे। उनके साथ बहुत ज्यादा मेल-जोल नहीं हो सका था, इसलिए मिसेज सिंह ने सोचा कि दोस्ती करने का अच्छा मौका है और वे अचानक अपने घर जाने की बजाय सिंह दंपती के साथ चाय पीने के लिए मान गईं। मि. सिंह ने अचानक खुद को अपनी पत्नी और पड़ोसन के बीच घिरा पाया। पूरी सुबह बच्चों के बिना शांत घर में आराम से रहने के बाद वे लंच के बाद अपना मनपसंद बेसबॉल मैच देखने जा रहे थे। हाथ में बीयर का गिलास था और ठीक उसी समय उन्हें पूरी अशिष्टता के साथ घेर लिया गया। अब वे यहाँ-वहाँ की बातों में समय काट रहे थे। मिसेज सिंह ने कहा कि उन्हें अपनी चाय बाहर बालकनी में पीनी चाहिए। नीचे बाग में उनके बेटे माइक लगाकर टेस्ट कर रहे थे। एक बढ़िया सा माहौल बन

गया था और वे अभी से दीवाली की पार्टी का इंतजार करने लगी थीं। वे लोग अपनी-अपनी जगह बैठे। फिर मिसेज कपूर ने धूप से बचने के लिए अपनी सीट बदली और वे चाय पीने लगे।

मि. सिंह ने इस दौरान पाँचवीं बार टाइम देखा और ऐसा करने के लिए बीवी की ओर से नजरों-ही-नजरों में झिड़की भी खाई। तभी दरवाजे के पास एक रिक्शा आकर रुका। उसमें से मिसेज रंगनेकर उतरीं। वे खुले हुए दरवाजे से बिल्डिंग की ओर बढ़ीं। मिसेज कपूर तो जैसे वहीं जड़ हो गईं और उन्हें पड़ोसियों के साथ चाय के बहाने भाईचारा बढ़ानेवाली बात पूरी तरह से भूल गई। उन्होंने बहाना बनाया कि उन्हें जल्दी ही वापस जाना होगा, क्योंकि छुट्टीवाले दिन उनके पति को बच्चों को सँभालना बिल्कुल पसंद नहीं है। उन्होंने चाय की तकलीफ देने के लिए माफी माँगी और जल्दी से उनके घर से निकल आईं। वे झट से लॉबी की ओर भागीं और कुछ ही पलों में वे मिसेज रंगनेकर के आमने-सामने थीं। मिसेज कपूर ने सबसे पहले यही नोटिस किया कि मिसेज रंगनेकर का वजन पहले से बढ़ गया था और वे पूरी तरह से फिट दिख रही थीं। उन्होंने सोचा कि जेल की हवा उन्हें माफिक आ गई। फिर वे बिना किसी हिचक के आगे आईं और मिसेज रंगनेकर को गले से लगा लिया। मिसेज रंगनेकर भौंचक्की रह गईं। वे ऐसे स्नेहिल स्पर्शों की अभ्यस्त नहीं थीं और कई वर्षों से उत्पीड़न सहने के बाद वे किसी भी तरह के दैहिक स्पर्श को सहजता से नहीं ले पाती थीं। मिसेज कपूर ने एक ही साँस में कहा, "मिसेज रंगनेकर, आपको जेल से कब छोड़ा गया? हम सभी आपके मामले पर नजर बनाए हुए थे; पर इसके बारे में अखबारों ने कुछ नहीं छापा। मैं पैराडाइज टावर्स के सभी बाशिंदों की ओर से आपको बताना चाहूँगी कि हम सबकी हमदर्दी आपके साथ है।"

असहाय महिला ने उत्तर दिया, "आपका शुक्रिया, मिसेज कपूर! मुझे बंदी बनाने के कुछ दिन बाद ही बेगुनाह जानकर छोड़ दिया गया था।"

"ओह!" मिसेज कपूर को यह जानकर हैरानी हुई कि यह बात उन तक कैसे नहीं पहुँची।

"जी, मैं अपने माता-पिता के पास ही थी। पिछले कुछ सप्ताह वहीं बीते।"

मिसेज कपूर ने एक पल के लिए बड़े उत्साह से अपनी मम्मी के बारे में सोचकर कहा, "मैं समझ सकती हूँ, बुरे वक्त में अपने माता-पिता के घर से बढ़कर कोई सहारा नहीं होता।"

"मिसेज कपूर, इतना सब होने के बाद इस जगह आने को मन नहीं मानता। मैं तो घर खाली करने आई हूँ। इसे बेचना चाहती हूँ।"

मिसेज कपूर के कुछ कहने से पहले ही रंगनेकर की बुलाई लिफ्ट नीचे आ गई और उसमें से मिसेज रॉय बाहर आईं। वे एक पल के लिए उन्हें देखकर अवाक् रह गईं और उन्हें शब्द नहीं सूझे। उनके पास मिसेज कपूर जितनी दरियादिली नहीं थी, इसलिए वे केवल मिसेज रंगनेकर का हाथ ही थाम सकीं और मिसेज रंगनेकर ने मुसकराकर उत्तर दिया। तभी उस सन्नाटे को मिसेज कपूर ने तोड़ा, "मिसेज रॉय, मिसेज रंगनेकर अपना घर बेचने के लिए आई हैं।"

"ओह! यह तो अच्छी बात नहीं है। क्या हम आपको यहीं रहने के लिए नहीं मना सकते?" मिसेज रंगनेकर की हैरानी की सीमा न रही। उन्होंने अपने पड़ोसियों से यह उम्मीद नहीं की थी कि उनके पति की गिरफ्तारी के बाद भी वे सब उनसे कोई वास्ता रखना चाहेंगे।

"जी-जी, मैं···मुझे नहीं लगा था कि आप सब मेरा इस तरह स्वागत करेंगी, मिसेज रॉय।"

"मिसेज रंगनेकर, मुझे नहीं लगता कि आपके पति को इतनी आसानी से छोड़ा जाएगा। उन्हें इस जगह पर नहीं रहने दिया जाएगा; पर आपको अपना घर छोड़कर नहीं जाना चाहिए।" मिसेज रॉय ने हमदर्दी से कहा।

तभी मिसेज कपूर ने भी हाँ में हाँ मिलाई, "जी, आपका तो हमेशा से स्वागत है। कौन जाने, आपके बाद इस घर में कौन रहने आ जाए और हम एक अजनबी के साथ उलझ जाएँ।" उनके शब्दों में एक तरह का अनुग्रह शामिल था।

मिसेज रंगनेकर ने अपने घर की ओर जाते हुए कहा, "मैं अपने फैसले पर दोबारा विचार करती हूँ।"

मिसेज कपूर को खुशी थी कि उन्हें उस महिला से पहली बातचीत का मौका मिला और वे उसे सही रास्ता दिखाने में सफल रहीं।

मिसेज रॉय ने मायूसी से गरदन हिलाते हुए अपनी पड़ोसिन को देखा। वे अच्छी तरह जानती थीं कि उस महिला के दिमाग में क्या चल रहा था। □

19

मिसेज रंगनेकर की वापसी की खबर पूरी इमारत में जंगल में लगी आग की तरह फैल गई। मिसेज कपूर ने अपनी ओर से कोई कसर नहीं छोड़ी। अगली सुबह तक लगभग हर पड़ोसी उनके पास जाकर दिलासा दे चुका था कि वे उनके साथ हैं और किसी मदद की जरूरत पड़ने पर संकोच न करें। सबका यही कहना था कि मिसेज रंगनेकर अपना घर बेचकर जाने की बजाय वहीं पैराडाइज टावर्स में रहें तो बेहतर होगा।

मिसेज रंगनेकर उस जगह की हिंसक व बुरी यादों और पड़ोसियों की सदाशयता के बीच संघर्ष व बेचैनी से भरी रात के बाद दीवाली की सुबह उठीं तो वे अपना मन बना चुकी थीं। उन्होंने तय कर लिया था कि वे वहीं रहेंगी। उस जगह को छोड़ने का मतलब था कि उन्होंने हार मान ली और वे अपने साथ ऐसा होने नहीं देंगी। अपने माता-पिता के साथ एक लंबी व कठिन फोन कॉल के बाद वह उन्हें किसी तरह मनाने में कामयाब रहीं कि वे क्या चाहती हैं। मिसेज रंगनेकर ने घर की साफ-सफाई की और कुछ घरेलू सामान लेने के लिए बाहर निकलीं। सीढ़ियों के रास्ते उतरते हुए मिसेज सिंह का घर आया। उनका दरवाजा खुला हुआ था और वह धोबी एवं उसकी बीवी को लिफाफा दे रही थीं, जिसमें दीवाली की बख्शीश थी। मिसेज रंगनेकर ने अपनी पड़ोसिन को देखकर हाथ लहराया और दीवाली की शुभकामनाएँ दीं। मिसेज सिंह ने भी वही कहा और मिसेज रंगनेकर को गरमागरम कॉफी पीने की पेशकश रखी। मिसेज रंगनेकर ने इनकार कर दिया। अगर वे चाहती थीं

कि घर में सब सैट हो जाए तो उन्हें तेजी दिखानी होगी, ताकि उसके बाद शाम को पार्टी में भी शामिल हो सकें। उन्होंने मिसेज सिंह को थैंक्स कहा और वादा किया कि वे लोग शाम को पार्टी में मिलेंगी।

जब वे बाहर निकलीं तो दरबान ने सलाम ठोंका और वे उसे देखकर मुसकराईं। वह एक खूबसूरत दिन था। सूरज निकल आया था और बाग में बहार छाई हुई थी। चारों ओर रात की पार्टी के लिए मेज-कुरसियाँ सजाई जा चुकी थीं। मिसेज रंगनेकर ने कई सालों बाद खुद को सहज व हलका महसूस किया। उनकी चाल में जैसे एक उत्साह छलक उठा। वे बहुत खुश थीं।

उस दिन के बचे हुए समय में पैराडाइज टावर्स के निवासियों ने अपने घर को सँवारा। लक्ष्मी-पूजा करनेवाले मंदिर बनाने में मग्न थे। उन्होंने मंदिर को फूलों से सजाकर दीपक जलाए। परिवार में नए कपड़ों और पैसे के उपहार लिये-दिए गए। स्टाफ को बोनस और मिठाई के डिब्बे मिले। हर कोई त्योहार की उमंग में था। पैराडाइज टावर्स के युवा सदस्य बेचैनी से पार्टी शुरू होने की प्रतीक्षा में थे। दोपहर के बाद वे एक-दूसरे के घरों में मिठाई व मेवे पहुँचाने गए और फिर घर लौट कर, सबने नए कपड़े पहनकर पूजा की।

मिसेज रंगनेकर ने महीनों से बंद पड़े घर से सारा कचरा निकाल दिया था। खिड़कियाँ खुलते ही पूरे घर में ताजा हवा फैल गई। उन्होंने पूरी इमारत में जल रहे दीयों के घी की गंध को महसूस किया। उनके दरवाजे की घंटी बजी तो वे सोचने लगीं कि कौन आ सकता था? वे दरवाजा खोलने गईं तो बाहर मिसेज अली खान, उनकी बेटी लैला और सहायिका लता को खड़े पाया।

"मिसेज रंगनेकर, दीवाली मुबारक।" मिसेज अली खान ने कहा और मिसेज रंगनेकर ने सबको भीतर आने का न्योता दिया।

"मैं आपके लिए घर का बना गाजर का हलवा लाई हूँ।" उन्होंने कहा और लैला ने काँच का डोंगा थमाया, जिसमें से जबरदस्त खुशबू आ रही थी। मिसेज रंगनेकर चहक उठीं, "शुक्रिया, पर मेरे पास आपको देने के लिए कुछ नहीं है। बस, मुश्किल से घर का सामान टिकाकर सफाई ही कर सकी।"

उन्होंने गाजर का हलवा रसोई में ले जाकर रखा और उनके मेहमान लिविंग रूम में आ गए। मिसेज रंगनेकर ने एक दीवार के सहारे अपना मंदिर बनाया था और वह गेंदे के फूलों व दीपकों से जगमगा रहा था।

"शायद हम लोग आपकी पूजा के बीच आ गए!" मिसेज अली खान ने कहा।

"नहीं, बिल्कुल नहीं। मैंने तो अभी पूजा शुरू ही नहीं की।" मिसेज रंगनेकर ने कहा। उन्होंने मेहमानों से चाय-पानी पूछा और उन्होंने कुछ भी लेने से मना कर दिया।

"अगर आपको बुरा न लगे तो क्या हम आपकी पूजा में साथ बैठ सकते हैं?" लैला ने लजाते हुए पूछा।

मिसेज रंगनेकर की आँखें नम हो उठीं। उन्होंने लड़की का हाथ थामा और मुसकराते हुए मंदिर की ओर ले गईं। वे सभी जमीन पर आलथी-पालथी लगाकर बैठ गए। मिसेज रंगनेकर ने मूर्तियों पर पुष्प व सिंदूर चढ़ाने से पहले उन्हें स्नान करवाकर शुद्ध किया। उन्हें फल-मिठाई का भोग लगाने के बाद उन्होंने लैला से कहा कि वह रसोई से थोड़ा गाजर का हलवा ले आए। फिर उन्होंने अपने भगवान् को हलवे का भोग भी लगाया। इसके बाद उन्होंने पूजा शुरू की। जब वे आरती गाने लगीं तो उनका हृदय आभार से भारी हो उठा। यह वास्तव में एक नया आरंभ था। उन्होंने सोचा कि वे कल ही अपनी पुरानी नौकरी को वापस पाने की कोशिश करेंगी। पूजा समाप्त होने पर सबने गाजर का हलवा खाया, जिसे लता ने झट से गरम कर परोस दिया था।

मिसेज अली खान ने कहा, "पार्टी में जाने से पहले एक कप गरमागरम चाय हो जाए। इस तरह मिसेज पटेल को सारा खाना लगाने का समय भी मिल जाएगा।" उन्होंने कहा और सभी हँस दिए। लता ने दूध व चाय पत्ती उबालने को रख दिए थे।

रात गहराने लगी। पूरा बाग सैकड़ों रोशनियों के जलते ही झिल-मिल कर उठा। पेड़ों से सफेद पन्नी से बनी कंदीलें धीरे-धीरे झूल रही थीं। पूरे बाग

में गोल मेज लगाए गए थे और लोग एक-एक कर उन पर बैठने लगे। एक कोने पर मिसेज सिंह का बेटा संगीत की शुरुआत करने से पहले बटनों और नॉबों से उलझ रहा था। कामचलाऊ डीजे बूथ पर आईपैड को कुछ स्पीकरों से जोड़ा गया था और उसके पास ही डांस फ्लोर था। बच्चों ने लकड़ी के कुछ फट्टों को रंगीन सितारों व इंद्रधनुष से पेंट कर दिया था।

अली खान और कपूर परिवार के छोटे बच्चे वहीं खड़े यह सब बड़ी हैरत से ताक रहे थे। शाना रॉय अपने माता-पिता के साथ आई थी। उसने सुनहरे बॉर्डर वाली लाल शिफॉन की साड़ी पहनी हुई थी। सूखे हुए बालों के घूँघर निकाल दिए गए थे, इसलिए वे कमर तक आते हुए रेशम की तरह चमक रहे थे। उसने सोने के झुमके पहने थे, जो चलने पर झूमने लगते। उसने चश्मा भी नहीं पहना था, ताकि आँखों में काजल लगा सके। उसने पैरों में पायल पहनी हुई थी। जब वह हलका लँगड़ाकर चलती तो किसी रानी जैसी लगने लगती। हालाँकि अब बैसाखी लेने की जरूरत नहीं थी, पर पैर की पूरी ताकत अभी वापस नहीं आई थी। जब वे एक मेज की ओर बढ़ीं तो उसने पिता का हाथ थामा हुआ था। शाना के सम्मोहन में बँधा सैम सिंह उसे तब तक एकटक ताकता रहा, जब तक पटेल गर्ल्स ने उसे पसली में कुहनी मारकर सम्मोहन से नहीं जगाया। वह उठकर रॉय परिवार के पास गया और दीवाली की शुभकामना दी। फिर वह शाना की ओर मुड़ा और उसे विश करने के बाद पूछा कि क्या वह उनके साथ दूसरी मेज पर आना चाहेगी? मिसेज रॉय अच्छी तरह जानती थीं कि सैम उनकी बेटी के लिए क्या सोच रखता था। वे इस बात के लिए कभी सहमति नहीं देने वाली थीं। उन्होंने बेटी के हाथ पर हाथ रखते हुए उसे उठने से बरज दिया। पर इससे पहले कि वे कुछ कहतीं, मि. रॉय ने लड़के की पीठ ठोंकते हुए कहा, "जाओ शाना, अपने दोस्तों के साथ बैठो। तुम हम बूढ़ों के बीच क्या करोगी?"

शाना ने पिता का गाल चूमा और जाने के लिए उठ खड़ी हुई। मिसेज रॉय ने पति को गुस्से से देखा और मुँह बनाकर बोलीं, "तुम इस लड़के को

इतनी शह मत दो। कोई नेक लड़का नहीं है। हमेशा स्कूल से निकाला जाता रहा है। क्या हमें अपनी लड़की को ऐसे लड़कों के बीच रहने देना चाहिए?"

"वह अच्छा लड़का है। शाना उसकी कंपनी के बीच कितना खुलने लगी है। यह तो अच्छी बात है कि उसने दोस्त बनाना सीख लिया है। ये ही तो उनके मौज-मस्ती के दिन हैं। इन्हें मौज करने दो, यार।" उनके पति ने जवाब दिया और अपनी पत्नी को बहलाने के लिए बाँह से घेरकर आलिंगन में भर लिया। शाना ने सैम की ओर मुड़ने से पहले कुछ डगमगाते कदम भरे। वह उसके कानों में फुसफुसाई, "सैम, चश्मे के बिना मैं तकरीबन अंधी हूँ। मैं नहीं जानती कि मैं कहाँ जा रही हूँ।"

अपने कानों के पास उसकी गरम साँसों को महसूस करते हुए सैम के रोंगटे खड़े हो गए। उसने अपना हाथ बढ़ाकर शाना का हाथ थामा और उसे अपनी मेज की ओर ले चला। यह देखकर मिसेज रॉय गुस्से से आगबबूला हो गईं और पति को दिखाते हुए कहा, "बेशरम छोकरा! कैसे सबके सामने शाना का हाथ पकड़ लिया! यह अमेरिका नहीं है!"

मि. रॉय ने उन्हें शांत करते हुए कहा, "क्या तुम्हें याद नहीं कि हम भी इसी तरह हाथ थामे चला करते थे? चलो, उन बीते दिनों की याद ताजा करें, हम डांस करने चलते हैं।" मिसेज रॉय शरमा गईं। मि. रॉय उन पर इतना ध्यान दे रहे थे, यह देख वे चारों खाने चित हो गईं। वे हाथों में हाथ थामे डांस फ्लोर की ओर बढ़ गए।

मिसेज पटेल का सिल्क ब्लाउज पसीने से नहा गया था। वे खाने की प्लेटें तीन बार उठा-उठाकर नई जगह रख चुकी थीं। पहले चावल को एक कोने में लगा दिया, फिर वही डोंगे दूसरे कोने में लगा दिए। उन्होंने सभी पड़ोसियों के घरों से बुलवाए गए स्टाफ को निर्देश दिए कि खाना कैसे गरम रखना है और उन्हें याद दिलाया कि सबको गुजराती कढ़ी परोसना न भूलें—यह तो खास चीज थी। सिंह दंपती भी मिस्टर और मिसेज रॉय को देखकर डांस फ्लोर पर पहुँचे। जब मिसेज अली खान, लैला, मिसेज रंगनेकर और

उनके पीछे–पीछे लता पहुँची, तब पार्टी पूरे रंग में आ चुकी थी।

जब लता बुफे टेबल की ओर बढ़ी तो दिनेश उसकी ओर लपका। वह उसके साथ कदम मिलाते हुए आगे आने लगा तो लता और तेजी से चलने लगी। उसने बात करनी चाही—"लता, सुनो···हैप्पी दीवाली!" लता ने जवाब देने से मना किया और दूसरे घरों में काम करनेवाले अपने दोस्तों को दीवाली की बधाई देने लगी।

"लता, मुझे तुम्हें बचाने के लिए कुछ तो कहना ही था। मेरी मैडम ने हम दोनों को एक साथ बहुत सा समय बिताते देख लिया था। मैं नहीं चाहता था कि वह तुम्हें बुरे चाल–चलनवाली समझे।" दिनेश ने सफाई दी।

लता दिनेश की ओर पलटी, आँखें अंगारे बरसा रही थीं। "मुझसे आज के बाद कभी बात मत करना। तूने जो भी किया, उसे माफ नहीं किया जा सकता। मैं अपना बचाव कर सकती हूँ। उसके लिए तेरी जरूरत नहीं है। और मुझे इस बात की कोई परवाह नहीं है कि तेरी मैडम मेरे चाल–चलन के बारे में क्या सोचती है। इस बिल्डिंग में उससे बड़ी गपोड़ी कोई नहीं है और हर कोई उसके साथ कोई भी बात करने से हिचकता है।" लता ने जहर–बुझे सुर में कहा, "बेचारी मिसेज अली खान को उनके जैसी दोस्त मिली···मुझे तरस आता है, पर ये बड़े लोग हैं और मैं चेतावनी देनेवाली कौन होती हूँ! पिछले कई सप्ताह से लैला बेबी रोते–रोते सो जाती हैं। नाममात्र का खाना खाती हैं। मेरे देखते–देखते लड़की कुम्हला गई है। उनकी पढ़ाई भी बंद करवा दी गई है। दिनेश, काश, हम आपस में न मिले होते! जो इनसान खुद को बचाने के लिए दूसरे का नुकसान कर सकता है, उससे मेरी दोस्ती नहीं हो सकती।"

दिनेश को समझ आ गया कि उसने लता को हमेशा के लिए खो दिया था। लता अब उससे दोबारा कभी बात नहीं करेगी। उसका दिल डूब गया। लता आगे बढ़ गई और वह वहीं जड़ खड़ा रहा।

मिसेज कपूर ने मिसेज रंगनेकर को देखकर दीवानावार हाथ हिलाया और उन्हें अपनी मेज पर आने की दावत दी। बाकी महिलाओं ने भी मिसेज

कपूर के आसपास अपनी जगह ले ली। वे सब अपने-अपने सवालों की बौछार के साथ तैयार थीं।

मिसेज पटेल रॉय दंपती की ओर बढ़ीं, जो डांस करने के बाद आराम से कोने में बैठे अपना खाना खा रहे थे। उन्हें अपने पास आते देख मि. रॉय थोड़ा असहज हो उठे। अगर उन्होंने पोहे के बारे में पूछ लिया तो? उनकी बीवी भड़क जाएगी। उन्हें बेतरह पसीना आने लगा। उन्होंने रूमाल से अपनी भौंह पोंछी। मिसेज पटेल ने पुकारा, "मिसेज रॉय!" और मिसेज रॉय ने मुड़कर उन्हें देखा। "मिसेज रॉय, मैंने पूरे जीवन में ऐसी मिठाई नहीं खाई। मि. पटेल को मुझे खाने की मेज से हटाना पड़ा···देखिए, फिर भी मैंने और उठा लिये।" उन्होंने पेपर नैपकिन खोल कर दिखाया, जिसमें तीन संदेश रखे थे। फिर उन्हें नाक के पास ले जाकर सूँघने के बाद आँखें मूँद लीं।

"मिसेज रॉय, आपको मुझसे वादा करना होगा कि जब भी आप संदेश बनाएँगी तो दूसरी ओर रहनेवाले पड़ोसियों को नहीं भूलेंगी।" फिर उन्होंने एक कुरसी खींच ली और वहीं बैठकर एक और संदेश मुँह में डाल लिया।

मिसेज रॉय नैपकिन के कोने से मुँह पोंछकर मुसकराईं। "क्यों नहीं, मिसेज पटेल, जरूर! आप जब भी खाना चाहें, मुझे बताना। मैं खास तौर से आपके लिए बना दूँगी। हैप्पी दीवाली, मिसेज पटेल।" उन्होंने कभी दुश्मन रह चुकी मिसेज पटेल को गले से लगा लिया।

"मि. रॉय, आपको वह···" मिसेज पटेल मिठाई से भरे मुँह के साथ वाक्य पूरा करने ही वाली थीं कि अचानक उनके पति पीछे से आ गए। उन्होंने इन हालात को भाँपा और अपनी पत्नी को खाने की मेज पर मदद करने के बहाने उठा ले गए। मिसेज पटेल ने किसी तरह अपने हाथ के नैपकिन को सहेजा और पति के पीछे लपकीं। उन्होंने पति के आगे भी अद्‌भुत संदेशों के स्वाद की तारीफों के पुल बाँध दिए। उनके मेज से उठते ही मि. रॉय ने पत्नी को देख खीसें निपोरीं और फिर अपना खाना खाने लगे।

रात जवाँ हो रही थी और पैराडाइज टावर्स के बाशिंदे पिछले कुछ

महीनों की बेरुखी के बाद जश्न का पूरा आनंद उठा रहे थे। मि. सिंह ने एक फड़कता हुआ भाँगड़ा पेश किया, उनके बेटों ने मूर्खों की तरह हँसते हुए चोरी से पापा की फिल्म बना ली। छोटे-से-छोटे सदस्य भी पूरे जोश से नाचने में मगन थे। अली खान परिवार बच्चों के साथ घेरा बनाए मिलकर नाच रहा था। तभी मिसेज अली खान ने ध्यान दिया कि लैला उनमें नहीं थी। उन्होंने एक लड़की से कहा कि वह अपनी बड़ी बहन को देखकर आए।

मिसेज अली खान ने मान लिया था कि उनकी बेटी अपने दुःख से उबर चुकी थी। वे दोबारा नाच में व्यस्त हो गईं। तभी मि. अली खान को किसी ने पीठ पर टहोका दिया। उन्होंने मुड़कर देखा तो उनकी दूसरी बेटी हाथ में एक नोट पकड़े खड़ी थी। उन्होंने कागज खोला और उसे पढ़ते हुए डांस फ्लोर से नीचे आ गए। उनकी बीवी ने उन्हें उस ओर आते देखा तो वह भी पीछे ही आ गईं और पूछा कि क्या हो गया? मि. अली खान ने नोट पढ़ने के बाद उसे थमा दिया और कुरसी पर बैठ गए। उन्होंने कुछ कहने से पहले उसे देखा और फिर बोले, "क्या कोई मुझे बताएगा कि हमारे घर में ये चल क्या रहा है?"

मिसेज अली खान ने नोट पढ़ना शुरू किया। उनकी साँसें तेज और फिर भारी होती चली गईं। चेहरे का रंग स्याह पड़ गया। लैला की लिखावट में लिखा था—

'मुझे आपको दुःख देने में कष्ट होता है। आप दोनों से बहुत प्यार करती हूँ, पर अरुण से भी बहुत प्यार है। उसे अपने दिल से नहीं निकाल सकती। मेरा विश्वास करें, मैंने ऐसा करने की कोशिश भी की थी। कई सप्ताह तक यही सोचती रही कि क्या करना चाहिए। आखिर में यही तय किया कि मुझे अपने दिल की सुननी चाहिए। उम्मीद करती हूँ, आप लोग समझ सकेंगे कि मैं ऐसा क्यों कर रही हूँ और अगर न समझ सकें तो मैं दुआ करती हूँ कि आनेवाले समय में आप लोग मुझे माफ कर देंगे।

आपकी लैला।'

"वह भाग गई है! हमारी लैला हमें छोड़कर घर से भाग गई है।" मिसेज अली खान धरती पर गिरकर बेहोश होने से पहले चिल्लाईं। संगीत अचानक बंद हो गया और हर कोई उनकी ओर भागा।

मिसेज कपूर ने सबको हटाकर रास्ता बनाया, ताकि वे अपनी सहेली के पास जा सकें।

□

20

अली खान का फ्लैट लोगों से भरा हुआ था। लता चिंतित चेहरों के बीच पानी की ट्रे लिये घूम रही थी। बेडरूम में मिसेज अली खान तकियों की टेक लिये बैठी थीं और डॉक्टर ब्लड प्रेशर देख रहे थे। वह लगातार बिसूर रही थीं। मि. अली खान फोन पर पुलिस से बात कर रहे थे। वे लोग किसी को बयान लेने के लिए भेजने वाले थे। उन्होंने अपने बालों में हाथ फिराया और कमरे में चक्कर काटने लगे। आखिर में मिसेज अली खान की तबीयत मिसेज रंगनेकर के लाए जोरदार स्मैलिंग सॉल्ट से सँभली, जिसे वे अकसर अपने पति की तंद्रा भंग करने के लिए इस्तेमाल करती थीं। मिसेज अली खान ने पति को लैला और अरुण के बारे में बताया। उन्हें इस बारे में कैसे पता चला और कैसे लैला ने यह बड़ा कदम उठाया। बीच-बीच में साँस लेते हुए वे कभी गुस्से में लड़की को कोसने लगतीं तो कभी उसकी चिंता करने लगतीं।

"तुमने उसका कॉलेज जाना कैसे बंद करवा दिया?" मि. अली खान ने बीवी को फटकारा, "यह इक्कीसवीं सदी है। बात सँभालने के सौ और तरीके होते हैं। हम उस लड़के से मिलकर अपने आप सब देख सकते थे। तुमने ही उसे यह सब करने को मजबूर किया।" वे लगातार बोलते गए और मिसेज अली खान का रोना-पीटना फिर से तेज हो गया।

मि. अली खान ने पास जाकर बीवी का हाथ पकड़ा और बोले, "बस, हमारी बच्ची सही-सलामत हो।" उनके माथे पर चिंता की रेखाएँ उभर आई थीं।

बाहर मि. कपूर अपनी बीवी को कोने में ले जाकर दुत्कारने लगे—"इन सबके लिए तुम ही जिम्मेदार हो। हर मामले में टाँग अड़ाने की तुम्हारी आदत के कारण ही इस परिवार में यह मुसीबत आई है। वह बेचारी बच्ची, जरा सोचो कि उस पर क्या बीती होगी कि उसे यह कदम उठाना पड़ा!"

मिसेज कपूर ने कुछ कहना चाहा, पर उनके पति ने बात काट दी, "तुमने मिसेज अली खान से यह कैसे कह दिया कि वे इतनी बड़ी बात अपने पति से छिपा लें? तुम अपनी हरकतों से बाज आओ। मेरा सिर मारे शर्म के झुका जा रहा है। तुम ही इस घटना की कसूरवार हो। काश, तुमने माँ के साथ फोन पर गप्पें लड़ाने के सिवा कुछ रचनात्मक किया होता तो आज ये हालात न होते।"

मिसेज कपूर ने पति को तीखी नजरों से देखा और उनके चेहरे से भाँप लिया कि वह आज कुछ सुनने को राजी नहीं थे। वे चुप्पी साधे बैठी रहीं।

मिसेज रंगनेकर ने उठकर सबको कहा कि वे अली परिवार को एकांत में रहने दें और फिर वे मिसेज कपूर की ओर मुड़कर बोलीं, "हम सारे बच्चों को नीचे क्यों न ले जाएँ? इन्हें ये सब नहीं देखना चाहिए। इन्हें पार्टी में मस्ती करने दें।"

मिसेज कपूर ने उनका आभार माना। उन्हें अपने लिए काम मिल गया था। उन्होंने झट से सारे बच्चों को जमा किया और उन्हें नीचे ले गईं। वे लोग कुछ ही मिनटों में इस घटना को भुलाकर आपस में खेलने लगे।

शाना सैम की ओर मुड़ी, जो खाने की मेज से अपने लिए खाना लगा रहा था। "बेचारी लैला! जरा सोचो, हममें से किसी को पता भी नहीं था कि उसे कॉलेज नहीं जाने दिया जा रहा था।"

"हम्म! यह कोई छोटी बात नहीं है। हिंदी मूवी जैसा सीन बन गया।" सैम ने कहा और शाना को मेज पर वापस ले गया। वे मिलकर खाने लगे।

शाना खाने की प्लेट से खेल-सा कर रही थी, क्योंकि उसे समझ नहीं आ रहा था कि वह क्या खा रही थी। बाकी बच्चे थोड़ी दूरी पर नाचने और खेलने में मगन थे। हालाँकि संगीत की आवाज धीमी थी, पर नन्हे डीजे ने

अपना काम बखूबी सँभाल रखा था। वे जिस पेड़ के नीचे बैठे थे, उसकी कंदीलों की रोशनी टिमटिमाने के बाद बुझ चुकी थी। सैम हँसकर बोला, "बस, इसकी ही जरूरत थी। क्या इस जगह हमेशा ऐसा तमाशा होता रहता है?" उसने शाना से पूछा, जो अपना मुँह साफ करने के लिए नैपकिन खोज रही थी। सैम ने नैपकिन लिया और हौले से उसका मुँह पोंछ दिया। "क्या सचमुच इतनी अंधी हो रही हो कि कुछ भी नहीं देख पा रहीं?"

शाना ने सिर हिलाया। "शाना, तुम अंदाजा भी नहीं लगा सकतीं कि तुम कितनी सुंदर दिख रही हो!" सैम की आवाज हलकी फुसफुसाहट में बदल गई थी। शाना लजा गई और फिर से अपना सिर हिलाया। वह चेहरे पर छाई सलज्ज मुसकान को छिपा नहीं सकी।

"शाना⋯।"

"हम्म?"

"मैं तुम्हें चूमने जा रहा हूँ।" सैम ने यह कहते ही उसका चेहरा अपने हाथों में भर लिया। ज्यों ही उनके होंठ आपस में मिले, शाना ने आँखें मूँद लीं। जब वे दोनों अपने पहले चुंबन में खोए हुए थे तो बाकी कंदीलों की रोशनी टिमटिमा उठी।

दरवाजे पर आहट हुई और लता अली खान के बेडरूम में दाखिल हुई। मिसेज अली खान को नींद की गोली दे दी गई थी और वह गहरी नींद में थीं। मि. अली खान बेचैनी से चैनल्स बदल रहे थे, हाथों में कॉर्डलेस फोन थामा हुआ था। लता ने कहा, "सर!" उसकी आवाज मुश्किल से सुनाई दे रही थी।

"बोलो लता, क्या है?"

"सर, मेरे पास लैला बेबी के दोस्त का नंबर है।" उसने डरते-डरते कहा।

"क्या? तुमने पहले क्यों नहीं बताया? मुझे जल्दी दो।" मि. अली खान ने कहा और नंबर मिलते ही उसे मिलाकर उधर से जवाब आने की प्रतीक्षा करने लगे।

"हैलो!" उधर से किसी वयस्क पुरुष का स्वर सुनाई दिया और मि. अली खान अपने स्थान से उठ खड़े हुए।

"हैलो, मैं अली खान बोल रहा हूँ। क्या मैं अरुण से बात कर रहा हूँ?"

"मि. अली खान, हैलो! मैं अरुण का पिता बोल रहा हूँ।" उस आवाज ने आगे कहा, "आप अपनी बेटी के बारे में सोच रहे हैं तो मैं आपको यकीन दिला दूँ कि वह सही-सलामत है। दरअसल, वह मेरे सामने ही खड़ी है।" मि. सांघवी ने शांति से बताया।

"अल्लाह मेहरबान है!" मि. अली खान ने चैन की साँस ली।

"मि. अली खान, शायद यह बात आपकी बेटी को आपको बतानी चाहिए, पर मुझे नहीं लगता कि वह ऐसा कर सकेगी। ऐसा लगता है कि आपकी बेटी और मेरे बेटे ने अभी-अभी शादी कर ली है। बस, दस मिनट पहले अरुण घर में आया और यह समाचार दिया। हमें इससे पहले इस बारे में कुछ पता नहीं था।" मि. सांघवी की आवाज में गुस्से का पुट था।

"मेरे मौला!" मि. अली खान बोले।

"शायद इन्होंने किसी कॉमन दोस्त के घर पर सिविल मैरिज की है। मैं हाथ में सर्टिफिकेट लिये खड़ा हूँ।" मि. सांघवी आगे बोले।

"लैला, ये तुमने क्या किया?" मि. अली खान जोर से चिल्लाए और फोन काटकर सुबकियाँ भरने लगे।

□

उपसंहार

उस दुर्भाग्यपूर्ण दीवाली वाली रात के बाद वाले वर्ष में पैराडाइज टावर्स के बाशिंदों ने धीमी चाल से चलते हुए सुखद और खुशहाल मानसिक अवस्था पा ही ली।

मिसेज रंगनेकर को छह महीने में ही अपनी नौकरी फिर से मिल गई। फिर एक प्रमोशन मिली और उन्हें मि. रंगनेकर के नाम तलाक का मामला दर्ज करने का उत्साह आ गया, जो अब भी जेल में हैं। वे जल्द ही पैराडाइज टावर्स की सबसे प्यारी सदस्या बन गईं। उन्हें लगातार किसी-न-किसी घर से रात के खाने का न्योता आता रहता है और उन्हें अपना डिनर अकेले नहीं करना पड़ता।

मिसेज कपूर अब भी अपनी गॉसिप पत्रिकाओं की दीवानी हैं। पर उन्होंने मिसेज रंगनेकर वाला काम अपने हाथ ले लिया है और वे अपनी पाक कला का प्रतिभा प्रयुक्त करते हुए डिब्बेवालों के लिए डिब्बे देने लगी हैं। जब भी वे डिब्बे लेने आते हैं तो अपने विशाल नेटवर्क से उन्हें गप्पों का बहुत सारा मसाला भी दे जाते हैं।

मिसेज सिंह अपने चारों लड़कों को सँभालने में व्यस्त हैं। उनका तीसरा बेटा यू-ट्यूब पर दो हजार फॉलोवर्स के लिए अपना म्यूजिक वीडियो रिलीज करने जा रहा था—मिसेज सिंह यह बात अपने पति को नहीं बताना चाहतीं।

मिसेज पटेल और मिसेज रॉय में खासी दोस्ती हो गई है। वे अकसर एक-दूसरे के घर आती-जाती हैं। मिसेज रॉय ने मिसेज पटेल को बंगाली

सिनेमा के जादू से परिचित करवा दिया। मिसेज पटेल से अपना वजन नहीं सँभला तो उन्होंने पास वाले जिम में नाम लिखवा लिया; पर जब भी बाहर निकलती हैं तो कैफेटेरिया की कुकीज के आगे हार जाती हैं।

मि. रॉय ने अपनी पड़ोसन और पत्नी की दोस्ती को बढ़ाने के लिए प्रोत्साहित किया और मिसेज पटेल के हाथों के स्वाद का पूरा लुत्फ लेते हैं।

शाना और सैम ने अपनी दोस्ती का सालान जश्न मनाया। वे अब भी इक-दूजे के सम्मोहन में हैं और यह बात मिसेज रॉय की झुँझलाहट का कारण है। शाना के कारण ही सैम लगभग हर विषय में पास हो सका और मिसेज सिंह को अपने लिए एक बेटी मिली, जो उनके पास कभी नहीं थी। शाना ने कांटेक्ट लेंस भी लगवा लिये हैं।

अली खान का साल बहुत अच्छा नहीं बीता। मिसेज अली खान को ससुराल वालों ने नकार दिया। अब वे सप्ताह के अंत में उनके घर लंच के लिए नहीं जातीं। वे अपने दोस्तों के साथ घर में ही दावत करती हैं और उन्हें यह बहुत अच्छा लगने लगा है।

मिसेज कपूर के साथ उनके संबंध थोड़े टेढ़े पर विनम्र बने रहे। उनकी फोन पर ज्यादा बात नहीं होती।

मिसेज अली खान ने साफ कह दिया कि उनका अपनी बेटी-दामाद से कोई रिश्ता नहीं है। हालाँकि मि. अली खान ऑफिस जाते हुए लैला से बात कर लेते हैं और उनकी बीवी इस बारे में नहीं जानतीं।

लता ने अली खान के आगे कबूल किया कि उसने लैला के लिए फोन का इंतजाम किया था, ताकि वह अरुण से बात कर सके। उसकी नौकरी पर बन आई। लता के बहुत हाथ-पैर जोड़ने और विनती करने के बाद उसे काम पर बहाल किया गया; पर उसका लैला से कोई संपर्क नहीं है और उसने दिनेश से बात करने से इनकार कर दिया है।

लैला और अरुण सांघवी एक साथ बहुत आनंद में हैं। लैला अच्छे स्वभाव की लड़की थी। उसने अपनी ससुराल को और उसके सास-ससुर ने उसे जल्दी ही अपना लिया। वह फिर से कॉलेज गई, अपना कोर्स पूरा

किया और अपनी सासू माँ के डिजाइन लेबल में मदद करने लगी, जो ईवनिंग क्लचेस तैयार करता था।

अरुण ने परिवार का व्यवसाय अच्छी तरह सँभाल लिया है। उसके पिता ने तय किया है कि वे अरुण और लैला को विदेश भेज देंगे, जहाँ वे मिलकर उनकी इंटरनेशनल ब्रांच सँभालेंगे।

एक साल के भीतर, जब अरुण और लैला पहली बार मिसेज अली खान के पास आए तो वे मान चुकी थीं। उनके पति को धन्यवाद देना चाहिए कि उन्होंने पत्नी को मना लिया कि वे विदेश जानेवाले बेटी-दामाद से एक बार अवश्य मिल ले।

मिसेज मोदी का घर बहुत समय से खाली पड़ा था और अब कोई रहने आ रहा था। घर के सामान से लदी वैन गेट से दाखिल हुई और वे लोग तीसरी मंजिल पर सामान चढ़ाने लगे। पैराडाइज टावर्स में रहनेवाली लेडीज मिसेज सिंह के घर कॉफी के लिए आई हुई थीं और बालकनी में से नए पड़ोसी को देखने की होड़ लगाए हुए थीं। वे लगातार मेज पर बिखरी 'हैलो' पत्रिकाओं से खुद को हवा कर रही थीं।

मिसेज सिंह ने मिसेज रॉय से उनकी बेटी की तारीफ की, पर मिसेज रॉय सैम के लिए ऐसा नहीं कह सकीं। तभी एक लाल स्पोर्ट्स कार ने गेट के बाहर आकर हॉर्न दिया। वॉचमैन दरवाजा खोलने लपका और काले शीशे वाली गाड़ी से भीतर झाँकना चाहा। गाड़ी से सफेद वरदी वाले ड्राइवर ने बाहर आकर पिछला दरवाजा खोला। मिसेज सिंह की बालकनी से एक सामूहिक आह सुनाई दी। मिसेज कपूर ने झट से हाथ में ली हुई पत्रिका के पन्ने पलटे और बड़े उत्साह से एक तसवीर निकालकर उसे सबको दिखाने लगीं। सबने मुड़कर तसवीर देखी—अरे, यह तो वही था, जो अभी गाड़ी से उतरा। वह सामान उतारनेवालों को निर्देश दे रहा था। और इस तरह, पैराडाइज टावर्स को उसका नया किराएदार मिल गया।

□□□